星海社
FICTIONS

少年名探偵 虹北恭助のハイスクール☆アドベンチャー 新装版 上

はやみねかおる

Illustration／kappe

星海社

Illustration　kappe
Book Design　Veia
Font Direction　紺野慎一＋三本絵理

はやみねかおる
少年名探偵
虹北恭助
の
ハイスクール☆
アドベンチャー
上
新装版

登場人物

野《の》村《むら》響《きょう》子《こ》

高校二年生。

家は虹北商店街のケーキ屋さん「野村ケーキ店」。

恭助とは幼馴染み。

頼まれてボクシング部のマネージャーをしており、拳に自信アリ。

虹《こう》北《ほく》恭《きょう》助《すけ》

家は虹北商店街の古書店「虹北堂」。

商店街で起こる謎を立ち所に解決してしまう推理力の持ち主で、魔術師《マジシャン》とも呼ばれている。

高校には通わず、虹北堂の店番をしている。

目次

今まで「赤い夢」を見せてくださった
推理作家のみなさまに――。

ミステリーゲーム
High School Adventure Ⅰ

さて――。

わたしは、白衣の襟《えり》を正《ただ》した。手には指示棒。黒縁《くろぶち》の伊達眼鏡《だてめがね》は、理知的な雰囲気《ふんいき》を醸《かも》し出しているだろうか？

なんてったって、今から始まるのは『高校編』！

気合いを入れていかないとね。

わたしは、移動式のホワイトボードを前に、読者の皆さんに一礼した。

「初めまして、野村響子《のむらきょうこ》です。それでは、高校編の主要登場人物を紹介します」

ホワイトボードに、恭助《きょうすけ》のパネルを掲げる。

赤い長髪《ちょうはつ》に、細い目。日溜《ひだ》まりで昼寝してる猫みたいな写真だ。

「まずは、虹北《こうほく》恭助です。彼は、わたしの幼馴染《おさななじ》みで、十七歳《さい》。家は、虹北商店街にある古本屋『虹北堂《こうほくどう》』です。えーっと、虹北堂のパネルは……」

わたしは、パネルを入れ換《か》える。

古い木造の建物。『時の流れ』というニスが、虹北堂を『古色蒼然《こしょくそうぜん》』に仕上げている。

またパネルを恭助に戻して、説明を続ける。

「彼は、一日中、虹北堂で本を読んで過ごしてます。小学生のときから不登校で、中学生のときはフラッと外国へ行ってしまいました。典型的な、社会生活不適応者です。ただ、彼には特殊な能力《ちから》があります」

ここで、パネルを入れ換える。

今度のパネルには、謎解《なぞと》きをしているときの恭助の顔が写ってる。さっきのパネルとは違《ちが》って、猫みたいに細かった目が、大きく見開かれている。

「彼には、一目で謎を見抜く能力《ちから》があります。それは、まるで魔法を使ったみたいに見えるので、恭助は『魔術師《マジシャン》』と呼ばれています。

——では、続いてミリリットル真衛門《しんえもん》の紹介をしましょう」

わたしは、パネルを真衛門さんのものに換えた。

痩《や》せた長身のフランス人の写真。銀色の目と白い肌《はだ》。銀髪が、風になびいているかのように、逆立ってる。

「真衛門さんは、恭助が外国から帰ってくるときに付いてきたフランス人です。年齢《とし》は、二十歳《はたち》。元々は、ミリリットル家という名門貴族だったそうなんだけど、今は没落《ぼつらく》してしまい見る影《かげ》も無し。ミリリットル家が日本に移住するにあたって、良い家を探すのが目的だそうだけど、毎日毎日ゴロゴロしている虹北堂の居候《いそうろう》です」

わたしは、虹北堂の前を彼が竹ぼうきで掃除《そうじ》してるパネルと、居間で寝転《ねころ》んでる二枚のパネルを見せた。

「この真衛門さん、ご先祖様に日本人がいたそうで、日本語はペラペラです。でも、都合が悪くなると、『日本語わかりませ〜ん』になるのは、困ったもんです。次のパネルはっと――」

パネルを見ると、澄《す》ました顔のナイトが写ってた。

「これは、恭助の飼い猫のナイトです」

わたしは、説明を終えた。

そばで、ナイトが「それだけかい！」って目を剝《む》いてるけど、無視。

さぁ、いよいよ、わたしの番だ。

「では、わたしの自己紹介を。野村響子、高校二年生です。家は、虹北商店街でケーキ屋さんをやってます。天秤座《てんびんざ》のA型。趣味《しゅみ》は、ケーキ作りとカラオケ。スリーサイズは秘密です。ラブレターは、週に二通くらいもらいます。クラブは、大正 琴《たいしょうごと》同好会。それから、頼《たの》まれてボクシング部のマネージャーもやってます」

わたしは、山のように用意したパネルを、次から次へと見せる。

この日のために、カメラ屋『大怪獣《だいかいじゅう》』で撮《と》ったものだ。使うのは、今！

でも、隅《すみ》っこで恭助が「まいて、まいて」と腕《うで》を回してる。

「――えっ、もう時間なの？　それでは、本編をお楽しみください」

わたしは丁寧《ていねい》に礼をして、主要登場人物紹介を終えた。

恭助が、「詳《くわ》しくは講談社ノベルス刊『少年名探偵 虹北恭助の冒険』をご覧ください」というパネルを見せている。

ふー……。

わたしは溜息《ためいき》をつきながら、放課後の校舎裏《うら》に向かってる。

朝もらったラブレターで呼び出された、わたしの足取りは重い。

それにしても、どうして、もっとオリジナリティにあふれた場所に呼び出せないのかしらね。一番多いパターンは、「校舎裏で待ってます」ってやつ。次が、体育館横。せめて、「市営グラウンドの駐車場で待ってます」くらいのオリジナリティは、出せないものかしら……。

ふー……。

また溜息をつく。

校舎裏には、大きな楠《くすのき》が一本ある。

そこでは、わたしを呼び出した相手——沢田《さわだ》京《きょう》太郎《たろう》が、楠にもたれ、さりげなくポーズを取っていた。

制服自由の我が校で、なぜか沢田さんだけは詰《つ》め襟の学生服を着ている。それも、ボタンタイプではなく、かぎホックタイプの白いやつだ。

胸ポケットに挿《さ》した赤いバラが、とても目立ってる。

わたしに気づいた沢田さんは、細い銀のフレームの眼鏡を直して、ニヒルに言った。

「唐突《とうとつ》だが、響子君。ぼくとつきあってほしい！」

「単刀直入ですが、お断りします！」

わたしは間髪《かんはつ》を容《い》れず、断った。

ピシリと音をたて、沢田さんの人格が壊《こわ》れる。

「なぜだ！　家は大金持ち。生徒会長にしてミステリ研究会部長、学業優秀《ゆうしゅう》、高い身長に整った顔。そのぼくと、なぜつきあえないと言うのだ！」

喚《わめ》く沢田さんを見ているうちに、なんだか、かわいそうになってきた。

わたしはフォローの意味で、優《やさ》しく言う。

「確かに、沢田さんはすごい人だと思います。これだけ人望が無いのに生徒会長をやってるのは、よっぽどお金を使ったんだろうって噂《うわさ》も、すごいなと思います。成績がいいのも、家庭教師を何人も雇《やと》ってるからでしょ。エステの費用も芸能人なみだって聞いてます」

「全《すべ》て、お金で解決してるように思ってるわけね……」

大人《おとな》しくなったものの、沢田さんはガックリと肩《かた》を落としている。

うーん、全然フォローになってなかったみたいだ。

でも、ここで同情してしまうと、沢田さんとつきあう羽目になってしまうし……。

考えた末、わたしは言った。

「どれだけお金があっても、わたしは推理《すいり》力《りょく》のある人じゃないとダメなんです」

「推理力……？　バカなこと言っちゃいけない」

余裕を取り戻した沢田さんが、肩の所で両手を広げる。

本人は外国人の仕草を真似《まね》たつもりだろうが、わたしには「お手上げ」のポーズに見える。

「ぼくは、ミステリ研の部長だよ。このぼくに、推理力が無いとでも言うのかい？」

「はい」

わたしの返事に、また沢田さんはパニックを起こした。

かける言葉の無いわたしは、黙《だま》って見てるしかない。

ようやく落ち着いた沢田さんは、真剣《しんけん》な顔で、わたしに訊《き》く。

「ぼくより推理力のあるって奴《やつ》は、どこのどいつだね？」

なんて答えようか……。

わたしだって、沢田さんより推理力があるだろう。おそらく、たいていの人間は、沢田さんより推理力が優《まさ》っているはずだ。

でも、さっきからの様子で、いかに『真実』が人を傷《きず》つけるかを知ってしまったわたしは、うかつに答えることができない。

黙ってるわたしに、沢田さんがニヤリと笑う。

「なるほど。ぼくより推理力がある人間がいるってのは、嘘《うそ》だね。きみは、ぼくとの交際に、すぐにO．K．を出すのが恥《は》ずかしいので、嘘をついてごまかした。——どうだね、この推理は？」

外れてます……。

自分に都合のよい推理（というか、憶測《おくそく》）を言ってる沢田さんに、わたしは『真実』を突《つ》きつけることにした。

「このあと、虹北商店街に来てください。そこの古本屋さんに、虹北恭助——沢田さんより、推理力のある人がいます」

言ってから、わたしは少し後悔《こうかい》する。

こんな鬱陶《うっとう》しい人を連れていって、恭助、怒《おこ》らないかな……？

虹北堂の前では、姉《あね》さんかぶりに割烹着《かっぽうぎ》を着た真衛門さんが、竹ぼうきで掃除をしていた。

パッと見、とてもフランス人には見えない姿《すがた》だ。というか、日本人にも見えない。（今時、姉さんかぶりに割烹着の人なんて、なかなかいないよ）

「きみが、ぼくより推理力があるという男かね！」

真衛門さんに気づいた沢田さんが、さっそく詰め寄る。

真衛門さんは背が高いので、沢田さんは自然と見上げる形になる。

そして、身長とルックスで、明らかに負けていることに気づいてしまった沢田さんは、いじいじといじけてしまった。

こんな不可思議な人間は、フランスにもいないのだろう。真衛門さんは、不思議そうに沢田さんを見ている。

「響子、なんですか、この人は?」

真衛門さんが訊いてくるけど、答えられない質問はしないでほしい。

わたしは、沢田さんに言う。

「あの……この人は真衛門さんで、恭助じゃありませんよ」

そのとき、沢田さんが、欠伸《あくび》して通り過ぎる猫のナイトを見つけた。

ナイトを抱《だ》き上げる沢田さん。

「すると、きみが虹北恭助か! ずいぶん、色黒――」

沢田さんは、言葉を全部言うことができなかった。ナイトが、鋭《するど》い爪《つめ》の一撃《いちげき》を、沢田さんに放ったからだ。

わたしは、沢田さんを放っておいて、店に入った。

「いらっしゃい、響子ちゃん」

店の奥《おく》で本を読んでいた恭助が、わたしを見て本を閉じた。

相変わらず薄暗《うすぐら》い店内。古本の落ち着いた色の中で、恭助の髪《かみ》だけが鮮《あざ》やかに赤い。

「なんだか、店の外が騒《さわ》がしいようだけど……」

そう訊いてくる恭助に、なんて説明したらいいんだろう?

「やっと見つけたぞ! きみが恭助君か!」

沢田さんが、店に入ってきた。かわいそうなことに、頬《ほお》に三本のミミズ腫《ば》れができている。

「誰《だれ》、この人……」

「恭助に会いたいっていう、お客さん」

不思議そうな恭助に、わたしはそれだけ言った。

沢田さんが、恭助をジロジロと見る。

「ふむ、ルックスでは完全に、ぼくの勝ちだね」

ようやく優位に立った沢田さんは、うれしそうだ。

「きみ、どこの学校だね？」

「学校は、行ってません。最終学歴は、小学校中退かな……」

恭助の答えに、ますます沢田さんは、うれしそうだ。

「得意なスポーツは？」

「運動は苦手です」

「ぼくの家は大金持ちだが、きみは？」

「この古本屋が、うちの全てです」

全てに勝ったって感じで、沢田さんはガッツポーズを取った。

全身に、余裕が満ちあふれている。

「申し遅《おく》れたね。ぼくの名前は、沢田京太郎。響子君と同じ学校の生徒会長で、ミステリ研の部長でもある」

沢田さんが、バラのマークがついた名刺《めいし》を、恭助にビシッと出した。

高校生で名刺を作るオジサン感覚に、わたしはついていけない。

恭助は、名刺をチラリと見て、

「すごいですね沢田さん、それだけ、そそっかしくて人望が無いのに、よく生徒会長をやってますね……」

「どうして、それを！」

恭助の言葉に、沢田さんは驚《おどろ》いてるけど、そんなの見てりゃ、誰だってわかる。

現に、掃除を終えて入ってきた真衛門さんも、わたしの隣《となり》でうなずいてる。

でも、沢田さんは違うように解釈《かいしゃく》したみたいだ。

「うむ、推理力は、確かにあるようだね。鋭い観察力だ！」

……だから、誰でもわかることだって。

沢田さんが、人差し指をビシッと恭助に突きつける。

「ちょうどいい。次の日曜日に、我が校の文化祭がある。そこでミステリ研はミステリーゲームを行うが、きみにその謎が解けるかな？」

展開の速さについていけず、恭助は呆気《あっけ》にとられてるけど、沢田さんは構《かま》わず話を続ける。

「勝負だ、恭助君！　――アディオス！」

そして、沢田さんは帰っていった。

わたしと恭助、真衛門さんは、妙《みょう》に疲《つか》れてしまった。

「勝負って、どういうこと……？」

恭助が訊いてくる。

えーっと……。

わたしは、曖昧《あいまい》に微笑《ほほえ》んで、答えに代《か》えた。


虹北堂の居間には、恭助が外国で買ってきた妙な民芸品が並んでる。

わたしは、恭助と向かい合って、丸い卓袱台《ちゃぶだい》の前に座った。

真衛門さんが、かいがいしくお茶やお菓子《かし》を出してくれる。（一応、居候って立場を自覚してるみたい）

わたしは、今日の放課後、沢田さんに会ってから虹北堂へ来るまでの経緯《けいい》を、三分間ダイジェストで、恭助に話した。

「つまり、ぼくの方が推理力があるって、沢田さんに紹介したってわけだ……」

わたしは、うなずいた。

「あの人、響子ちゃんの彼氏なの？」

この質問には、うなずくわけにいかない。

わたしは、カバンからボクシングのグローブを出した。それを見て、恭助は慌《あわ》てて手を振《ふ》る。

「今の質問は、取り消すよ」

よし！

「でも、なんで沢田さんは、推理力の勝負に、ああも熱心なんだろ？」

不思議そうに呟《つぶや》く恭助。

わたしは、視線を外す。

恭助には、沢田さんから交際を申し込まれたことは話してない。（なんせ、三分間ダイジェストの説明だったから）

それに、話さなくても、恭助ならわかってくれると思ったんだけど……。

わたしは、恭助に訊く。

「恭助は、推理力で沢田さんに負けてもいいの？」

「別に……」

そう答えてお茶を飲む、年寄り臭《くさ》い恭助。お茶《ちゃ》請けの漬《つ》け物を、ポリポリかじってる。

ああ、なんとなくイライラする！

「もし……もしもよ……」

わたしは、恭助の反応を見ながら、確かめるように訊く。

「もし、恭助より推理力があって素敵な人が、わたしを好きだって言ったら、恭助はどうする？」

一瞬《いっしゅん》——一瞬だけど、恭助が真面目《まじめ》な顔になった。

でも、すぐにいつもの、ふにゃぁ～とした顔に戻って、湯呑《ゆの》みを持つ。

そして、わたしの方を見ずに、湯呑みのお茶に語りかけるように言った。

「それは……おめでとうって、言うしかないかな……」

……ああ、そうですか！

わたしはカバンを引き寄せた。

そして、文化祭のチケットを二枚出して、卓袱台に叩《たた》きつける。

「じゃあね！」

わたしは、恭助の顔を見ずに立ち上がった。

お盆に三人分の蕎麦《そば》をのせた真衛門さんが入ってくる。

「あれ？　響子、もう帰るんですか。せっかく蕎麦ができたのに」

真衛門さんと蕎麦には悪いけど、今は、これ以上、恭助の顔を見たくない。

わたしは早口で真衛門さんに言う。

「ごめんね。それより、真衛門さんも忘れずに文化祭へ来てね」

「わかってます。恭助の首を縄《なわ》で絞《し》め殺してでも、連れていきます」

真衛門さん、日本語間違ってる……。（ほんとは、「首に縄をつけてでも、でしょ」）

でも、本当は、わからずやの恭助の首を、縄で絞めたいところだけどね。

わたしは、トゲトゲした気持ちを抱《かか》えたまま、虹北堂を後にした。

響子が帰ってしまった居間で、恭助と真衛門は蕎麦を食べている。

脇《わき》では、ナイトが蕎麦に絡《から》まってるけど、恭助は黙って蕎麦に向かっている。

「響子、困ってましたね……」

真衛門が、ボソッと言った。

恭助は、答えない。

「魔術師《ソルシエ》の恭助なら、わかってるでしょ。響子の気持ち」

それでも、恭助は答えない。黙って蕎麦を食べるだけだ。

真衛門は溜息をついて、響子の分の蕎麦に手を付けた。

「ぼくは、恭助みたいに一目で謎を解く能力は持っていません。だから、わからないときは、すぐに訊きます。でも、訊かなくともわかるときはある。——響子は恭助のことが好きですよ。恭助も、そうでしょ？」

恭助の箸《はし》が止まる。

そして、言った。

「……ぼくは、社会生活不適応者だよ」

丼《どんぶり》から顔を上げない恭助。

「まだ、自分の探してるものが見つからない。これから先、ちゃんとやってけるかもわからない。こんな状況で、誰かを好きになる資格はないよ……」

それを聞いて、真衛門は、困ったもんだというように、立ち上がる。

そして、自分の食べた丼を片づけ始めた。

「日本は資格社会だと聞いてましたが、人を好きになるのにも資格がいるとは知りませんでした。フランスなら、『Je vous aime』の一言なのに」

皮肉を残して、台所に消える真衛門。

一人残された恭助は、畳《たたみ》に両手を突いて天井《てんじょう》を見上げる。

ぼくが、普通の高校生だったら、こんなことで悩んだりしないんだろうな……。

恭助は、天井の節穴を見ながら、考える。

台所から、洗《あら》い物をしている真衛門の声が聞こえてきた。

「恭助！　たそがれてないで、丼を持ってきてください！　洗い物が片づきません！」

蕎麦に絡まっていたナイトは、いつの間にか眠《ねむ》ってしまった。


夜――。

高級住宅街の中でも一際《ひときわ》巨大な沢田邸《てい》では、沢田京太郎が原稿用紙に向かっていた。部屋の中は、外国産の高価な家具で占《し》められている。

部屋の中央には、マホガニーの広い机《つくえ》。手に持ったモンブランの万年筆の書き心地の良さに、沢田は目を細めた。

原稿用紙だけが国産の文房具メーカーであることには、目を瞑《つむ》ろう。

沢田は、書き続ける。

ドアに軽いノックの音がして、執事《しつじ》の菊池《きくち》が入ってきた。

「お坊《ぼっ》ちゃま。コーヒーをお持ちしました」

沢田が生まれる遥《はる》か以前から沢田家に仕えている菊池は、洗練《せんれん》された動作でコーヒーカップをテーブルに置いた。

沢田は、振り返らず、菊池に言った。

「菊池、乗ってきたぞ！　最高のミステリーゲームが書けそうだ！」

「それは何よりです、お坊ちゃま」

結婚《けっこん》もせず、初老の歳《とし》まで執事を務《つと》めている菊池にとって、沢田の成長が一番の楽しみなのである。

ハイテンションで書き続ける沢田の背中を見て、菊池はそっとハンカチで涙《なみだ》を拭《ぬぐ》った。

お坊ちゃま、ご立派になられて……。

沢田が手を止めた。そして、椅子《いす》をくるりと回し、菊池と向き合った。

「今書いている謎は、誰にも解けない。恭助の奴に『ぎゃふん』と言わせてやる！」

「『ぎゃふん』は死語ですよ、お坊ちゃま」

しかし、沢田は菊池の忠告《ちゅうこく》を聞こうとはしない。

完全に、自分の世界に浸《ひた》りきっている。

「これで、響子君は、ぼくのものだ！」

それを聞いて、菊池は自分の出番であることを感じた。

「女性関係なら、この菊池におまかせくだされば良いものを――」

そして、部屋の外から、プレゼントの山をズルズルと引きずってくる。

こういうときのために、日頃から、せっせと集めたものである。

菊池は、ハンカチで額《ひたい》の汗《あせ》を拭うと、得意そうに言った。

「さぁ、これで、どんな女性であろうと、お坊ちゃまの思うままです」

だが、沢田に菊池の誠意《せいい》は通用しない。

「貴様《きさま》が、そんな風だから、ぼくは〝何でも金で解決する人望の無い男〟と言われるんだ」

げしげしと足蹴《あしげ》にされる菊池は、悲鳴をあげた。

「ああ〜、お許《ゆる》しください、お坊ちゃま！」

沢田邸での大騒動を、月だけが優しく見下ろしていた。


さぁ、文化祭だ！

うちの学校は進学校で、校内行事にはあまり力を入れてないんだけど、文化祭だけは別。

校門の所には、美術部制作の巨大なアーチが建った。校庭には、いたるところに出店《でみせ》が立ち、各クラブが活動費欲《ほ》しさに客を呼び込んでいる。

わたしは、校門の所で恭助を待っていた。

チケットは置いてきたものの、本当に来てくれるか、ちょっと心配だった。

なんせ、恭助は本さえ読んでたら、何日でも引きこもれる人間だしね……。

すると、道の向こうから、背の高い男と小柄《こがら》な男の二人連れが歩いてくるのが見えた。

恭助と真衛門さんだ！

「約束通り、連れてきましたよ」

縄を手に持った真衛門さんが、わたしにウインクを一つ。（さすがフランス人。こんな気障《きざ》な仕草が、とっても絵になる）

縄の先は、恭助の首に巻《ま》き付いている。

「ぼくは、絞め殺されるところだった……」

ちゃんと『首に縄をつけて』の意味を真衛門さんに教えないと、そのうち恭助、死んじゃうかもね……。

「あっ！　蕎麦の屋台がある！」

真衛門さんが、一つの出店に突進していく。

でも、真衛門さんが向かったのは焼きソバの屋台だ。

わたしは、恭助に訊いた。

「真衛門さん、普通の日本蕎麦と焼きソバが違うってこと、知ってるの？」

黙って首を傾《かし》げる恭助。

真衛門さんが、パックに入った焼きソバを食べながら戻ってきた。

「この蕎麦は変わってますね、汁《しる》がない」

うれしそうな真衛門さんに、日本蕎麦と焼きソバの違いを話した方がいいんだろうか……？

恭助は、不思議そうに文化祭の風景を見ている。小学校の途中から不登校になった恭助は、こういう学校行事が珍《めずら》しいんだろう。

「私服の学校って、いいね。どんな格好をしてても目立たないから」

感想を言う恭助。

でも、恭助も真衛門さんも、十分目立ってると思うけどな……。

真衛門さんは長身美形のフランス人ってことで目立ってるし、恭助は時代がかった黒マントスタイルで目立ってる。

「それより、早く行こう。ミステリーゲーム、始まっちゃうよ」

わたしは、二人の手を取った。

校舎の三階——廊下《ろうか》の奥の方に、ミステリ研の部室はある。

途中、真衛門さんがタコ焼きや金魚すくいの屋台に興味を示すので、なかなかたどり着くことができなかった。

結局、真衛門さんには部室の場所だけ教えて、わたしと恭助は先に行くことにした。

すでに、ミステリ研の部屋の前には、たくさんの客が集まっている。

「こんなに人が集まるなんて、暇《ひま》な人が多いんだね……」

恭助が人だかりを見て言った。

部室のドアが開いて、わたしたちはゾロゾロと中へ入る。

中にはパイプ椅子が、たくさん並んでいた。

「ミステリ研究会のイベント――ミステリーゲームへ、ようこそ！」

黒板を背にし、腕組みをした沢田さんが、わたしたちを見回して言った。

沢田さんの後ろには、六人のミス研部員が立っている。それぞれ首に『A』や『B』の札を下げているのは、これからのミステリーゲームに関係があるのだろう。

というわけで、六人の様子を書いておこう。

『A』の札を下げているのは、女性。身長は、わたしと同じで一六〇センチくらい。痩せ型《がた》で、メイクがきつい。周囲二メートルに香水《こうすい》のバリアを作ってるって感じ。そのわりには、Tシャツにジーパンというラフな服装だ。（他の部員が、けっこう流行《はやり》のお洒落《しゃれ》な服を着てるので、かえって目立つ）

『B』の人も、女性部員。『A』の人より、五センチくらい背が高い。（そのぶん、横にも広いけど）手には、映画で使う緑色のカチンコを持っている。丸い眼鏡が愛嬌《あいきょう》ある人だ。

『C』の人は、身長は一五〇センチくらいで、一番小柄。どことなく、気が弱そうな男性。パッと見、中学生に見えるくらいだ。ガムテープに紐《ひも》を通して、腰《こし》にくくりつけている。

『D』の人も、男性。身長は一七〇センチくらい。がっしりした人だ。胸の筋肉《きんにく》が、シャツを内側から盛《も》り上げている。ミス研部員というより、ラグビーとか柔道《じゅうどう》が似合《にあ》いそうな人。

『E』の男性は、『D』の人と同じくらいの背なんだけど、この人は太っていて、運動は苦手そうだ。手に、紙で作ったメガホンを持っている。

『F』は、一番背が高い男の人。一八〇センチくらいあるんじゃないかな。針金細工《はりがねざいく》の人形みたいに痩せている。肩に16ミリカメラを構えてるんだけど、ポキッと骨が折《お》れそうで、見ていて不安。

「これから行われるミステリーゲームで、見事、犯人と犯行方法を解き明かした方には、豪華《ごうか》賞品を用意してあります」

沢田さんが、窓際《まどぎわ》の長机に山のように積《つ》まれた豪華賞品を手で示した。

初老の男性が、さらに賞品を積み上げている。

男性は、わたしたちの視線に気づき、手をとめて一礼する。

「わたくし、沢田家の執事を務めております、菊池です。以後、お見知りおきを――」

わたしたち観客から、「おー！」という歓声《かんせい》が起きた。（だって、執事なんて、初めて見たんだもん）

沢田さんが、賞品の山の前に立ち、言う。

「残念なことに正解できなくても心配ありません。参加賞として、ポケットティッシュが用意してあります」

菊池さんが、ポケットティッシュの入った段ボール箱を見せる。

わたしたちの耳には、ミス研部員の囁《ささや》きが聞こえてきた。

「参加賞がティッシュだって……」

「妙なところで、節約するんだよな」

「なんか、せこくない？」

幸いなことに、沢田さんには聞こえてないみたい。

部員の囁きを聞いてると、ミス研部長の沢田さんに、言いたいことがかなり溜《た》まってるようだ。

沢田さんが、黒板のところに戻ってくる。

「それでは、ゲームの説明に入らせてもらいます。舞台は映画研究会。我がミステリ研のメンバー六人に、映研部員に扮《ふん》してもらっています。皆様には、この映研で行われる密室殺人事件を解いていただきたい」

沢田さんの眼鏡がキラリと光った。

「動機については省略します。映研内部における配役や脚本《きゃくほん》の不満——それぞれが、それぞれを殺すだけの動機を持っていたとだけ説明しておきましょう」

沢田さんの背後で、ミス研部員の囁きが起こる。

「ミス研で殺人が起こったら、被害者は絶対部長だな」

「部長だ」

「なんせ、人望無いからな……」

……どうやら、舞台の映研じゃなくて、ミス研内部においても、いろんな不満があるみたい。

沢田さんは、囁きを無視して続ける。

「殺人が起こるのは、この部屋です」

そう言って、沢田さんは、わたしたちを隣の部屋に案内した。

ドアの上には『映画研究会部室』と書かれたプレートがかけてある。

普段は使われていない教室。

中には、大きな机が一つ。その上に16ミリ映写機と大型のカッターナイフが置かれている。

黒板の所には、上映用のスクリーン。

部屋の隅に段ボール箱が二つ。

全部で四つある窓には、内側からクレセント錠《じょう》がかかっていた。

ロッカーなど、人の隠《かく》れる場所は無い。

「どうぞ、ご自由に、部屋の中を調べてください」

わたしたちは、思い思いに部屋の中を調べ始めた。

恭助も、ぼんやりとドアや映写機を調べている。

「どうですか？　抜《ぬ》け道や秘密の通路などは、見つからないと思いますが――」

余裕の笑顔で、沢田さんが言う。

その背後で、またミス研部員たちが囁いている。

「わからないぞ……」

「部長なら、金に物を言わせて、抜け穴《あな》くらい作っても不思議じゃない」

「なんせ、最終的には、金力の人だからな……」

とうとう、沢田さんが切れた。背後の部員たちに向かって、怒鳴《どな》る。

「言いたいことがあるのなら、はっきり言え！」

途端《とたん》に知らん顔をするミス研部員たち。

肩で息をしながら、沢田さんは何とか落ちつきを取り戻した。

乱《みだ》れた髪の毛を櫛《くし》で直し、ビデオカメラを持つ。

「それでは、元の部屋にお戻りください。今から、このカメラで、様々な手がかりとともに事件の様子を映《うつ》します。皆様には、モニタでそれを見ていていただきたい。もちろん、全ての手がかりを公明正大に映すことを神に誓《ちか》って約束します」

優雅《ゆうが》に一礼する沢田さん。

その背後で、ミス研部員たちが、コソコソと言う。

「神に誓うんだって……」

「悪魔《あくま》の間違いじゃないか？」

「あの人に誓われたって、神様も困るよな」

沢田さんが、ミス研部員たちを追い回す。

「だから、言いたいことがあったら、はっきり言えと言っとるだろうが！」

こうして、沢田さんとミス研部員の追いかけっこが始まり、ミステリーゲームは、なかなか始まらなかった。

わたしたちは、元の部室に戻った。

黒板の横には大型モニタが設置されている。

ミス研部員が、紙と鉛筆《えんぴつ》を配ってくれた。

「ゲームが終わったら、その紙に、犯人と犯行方法を書いてください。――それでは、明快な推理を期待しています」

沢田さんとミス研部員が出ていった。

わたしは、これから映し出される映像を、少しも見逃さないように、モニタに意識を集中させた。

「一生懸命《けんめい》見ないとね」

隣の恭助を見ると、恭助はモニタを見ていない。

配られた紙に、何か書いてる。

何やってるんだろう……？

わたしが訊こうとしたとき、すごい勢《いきお》いでドアを開けて、真衛門さんが入ってきた。

「たいへんです、恭助！」

いつも穏《おだ》やかな真衛門さんが、こんなに落ちつきを無くしてるなんて、何があったんだろう？

真衛門さんは、座ってる恭助の腕をとって立たせる。

「すぐに来てください！　体育館で、剣道部が風船割りゲームをやってるんです！　それで、賞品が、なんとカップ蕎麦十二個入り一箱なんです！」

「…………」

わたしは、言葉が無い……。

カップ蕎麦十二個で、ここまで真剣になれる真衛門さんって、いったい何者……？

「それは、真衛門にとっては、大変だね」

苦笑しながら答える恭助。

わたしは、慌てて真衛門さんと恭助を止める。

「ダメよ、真衛門さん。これから、ミステリーゲームが始まるんだから」

代わりに答えたのは、恭助だ。

「いや、それはもういいよ。真衛門一人にすると、何をするかわかんないから心配だ。ぼくがついてた方がいい」

そりゃ、恭助の言うこともわかるけどね……。

「でも……ミステリーゲームは……」

わたしの引き止める言葉は、二人に届かなかった。

「急いでください、恭助！」

真衛門さんに手を引っ張られ、恭助は部屋を出ていった。

「ちょ、ちょっと、恭助！」

あっと言う間に見えなくなる二人。

まったくもう！

残されたわたしは、腹が立って仕方がない。

そのとき、わたしは恭助の椅子に残された紙を見た。

「なに、これ……」

わたしは、書いてあった文字を読んで、驚いた。

「なんで、恭助は、もう被害者が誰かわかってるのよ！」

紙には、『被害者はA』と書かれていた。

階段を駆《か》け下り、体育館へ急ぐ真衛門と恭助。

「響子ちゃん、怒ってるだろうな……」

心配そうに、恭助が言った。

彼が心配しているのは、怒った響子が、どのような復讐《ふくしゅう》をしてくるかということだ。

——なんせ、響子ちゃんの右ストレートはプロボクサーなみだもんな……。

すでにカップ蕎麦に気持ちが行ってる真衛門は、恭助の肩をポンと叩いた。

「大丈夫ですよ」

「それに、恭助は、もう謎を見抜いてるんでしょ」

恭助は、肩の所で両手を広げ、

「わかったのは、誰が殺される役かっていうこと。犯行方法も犯人も、予測はついてるけど、データが少なすぎる。断定はできない」

と言った。

満足そうにうなずく真衛門。

「それなら大丈夫。先に剣道部の賞品をもらって、ミス研へ戻りましょう」

「蕎麦のことになると、真衛門は積極的だね……」

二人が体育館に着くと、そこは大勢の人で賑《にぎ》わっていた。

体育館入り口には長机が出され、その上にはカップ蕎麦の入った箱が三つ積まれている。

箱には、『提供は虹北商店街』という紙が貼《は》られていた。

「うちの商店街、いろんなところに顔を出してるな……」

恭助が、呆《あき》れたように言った。

人だかりの前に剣道部主将《しゅしょう》が出てきて、一礼した。

稽古着《けいこぎ》を着た大柄の体。防具はつけずに、竹刀《しない》を右手に持っている。

短く刈《か》られた髪。目つきが鋭い。

「お集まりのみなさん、今からゲームの説明を始めます。といっても、単純なゲームです」

主将が、隣に立つ防具を着けた剣道部員を示した。部員の面の上には、紙風船がついている。

「一分以内に、この紙風船を割ったら、豪華賞品をプレゼントします。もちろん、この部員は有段者ですから、こちらから攻撃することはありません。防御《ぼうぎょ》だけです」

その説明を聞いて、集まった人たちから不満の声が出た。

「豪華賞品ったって、カップ蕎麦十二個だろ」

「素人《しろうと》に、割れるわけないじゃないか」

だんだん不満の声が大きくなり、主将は、難しすぎたかなと、頭を掻《か》く。

そのとき、人混みの中から、真衛門が手を挙《あ》げた。

「はーい、ぼくやります！」

参加者が出たことに気をよくして、主将は真衛門に竹刀を渡《わた》す。

「外国人さんだね。剣道の経験は？」

主将が、真衛門に話しかける。

「ぼくは外国人じゃなく、フランス人です。それはともかく、剣道はやったことありませんよ」

——なんだ、素人か。

主将は、鼻で笑って、

「じゃあ、怪我《けが》をしないようにがんばってくださいね」

と、バカにしたように言った。

真衛門は、手に持った竹刀を、重さを確かめるように何回か振る。

その前で、紙風船をつけた剣道部員が、正眼《せいがん》の位置に竹刀を構えた。

真衛門も右手に持った竹刀を突き出すように構えた。左手は、軽く曲げられ背中の方に回されている。

「ほぅ、フェンシングか……」

主将が、呟《つぶや》いた。

「うーん、正確には少し違うんですけどね……」

困ったように、真衛門が言った。

その様子を、恭助はニコニコしながら見ている。

主将が、

「始め！」

の言葉をかけ、ストップウォッチを押《お》した。

だが、主将はストップウォッチを押す必要は無かったのだ。

なぜなら、「始め」の言葉がかけられた瞬間、真衛門の竹刀が、紙風船を貫《つらぬ》いていたからだ。

あまりの速さに、剣道部員だけでなく、体育館にいる者全てが、息を呑《の》んだ。もっとも、真衛門の強さを知っている恭助だけは、ニコニコしたままだったが。

「やったー！　ぼくの勝ちですね！」

うれしそうに飛び跳《は》ねる真衛門。

「では、賞品のカップ蕎麦をもらっていきますね」

箱を抱え、帰ろうとする真衛門と恭助。

ようやく我に返った主将が、真衛門を止めた。

「待て、外国人！」

その言葉に、不満そうに立ち止まる真衛門。

「だから、ぼくは外国人じゃなくて、フランス人だって言ってるのに……」

主将は竹刀の先を真衛門に向けて、言った。

「割るのがルールだ。なのに、きさまは刺《さ》した。よって、きさまの勝ちとは言えん」

その言葉に、観客からブーイングが起こるが、主将に睨《にら》まれ沈黙《ちんもく》する。

「文句があるのなら、おれと勝負をしろ！」

主将の目が鋭くなっている。

しかし、真衛門は平然としたままだ。

「ぼくと勝負をしようという段階で、あなたの負けですよ。相手の強さがわからないあなたに、勝ち目はありません。それに、ぼくは無益な勝負をするほど、暇ではありません」

「勝ったら、残りのカップ蕎麦も全てやるぞ」

「そこまで言われたら、やるしかないですね」

あっさり勝負を受ける真衛門。

主将は、床《ゆか》に正座し、防具を着け始めた。面の奥から覗《のぞ》く目に、鋭さが増している。

「勝負をする前に、一つ教えておいてやろう。おれは、昨年度の全国大会で三位まで行った人間だ」

「ぼくは、フランスから家を探しに日本へ来た人間です」

わけのわからない自己紹介をする真衛門。

防具を着け終わった主将が立ち上がった。

「三本勝負でいいか？」

「一本で十分です」

真衛門は、防具も着けず、片手に竹刀を持ったまま突っ立っている。

「きさま、防具は？」

「必要ないです」

真衛門が防具を着けないのは、面倒《めんどう》くさいのと、動きにくくなるからだ。

だが、侮辱《ぶじょく》されたと思った主将の額に、青筋《あおすじ》が浮《う》かぶ。

主将が、竹刀を上段《じょうだん》に構えた。長身を活《い》かした大きな構えだ。

面倒くさいなというふうに、真衛門も構えた。さっきの構えとは、少し違う。足の位置は同じなのだが、右手に持った竹刀を、体を捻るようにして背中の方へ回している。そして、左手は鍔《つば》のところを持っている。

まるで、テニスのバックハンドのような構えだ。

「なんだ、その構えは？」

剣道一筋の主将にとって、真衛門の構えは見たことのないものだ。

「日本にも、古流剣術があるでしょ。フェンシングにも、かつて最強と呼ばれた古流剣術があるんです。それを見せてあげましょう」

「じゃあ、おれは、フェンシングより剣道の方が強いことを見せてやろう」

「それは間違いですね。どんな武術であろうが、強い者が強いのです」

周りの者は、構えた二人を、息をつめて見つめている。

部員が、「始め！」の声をかけた。

そして、次の瞬間——。

真衛門の体が、陽炎《かげろう》のように揺《ゆ》らいだ。一瞬、空気が切断されたかのように風が吹《ふ》く。

そして、また元の位置に戻る真衛門。

誰も、何が起こったのかわからない。

真衛門が、大きく息をして、緊張を解いた。

主将に向かって一礼し、そばにいた部員に竹刀を渡す真衛門。

「さぁ、帰りましょう」

恭助の肩を、ポンと叩いた。そして、長机の上に置かれているカップ蕎麦の箱を全部持つ。

「きさま、逃げるのか！」

我に返った主将が叫《さけ》んだ。すると、主将の持っていた竹刀が、鍔のところでボトリと落ちた。

「その竹刀じゃ、戦えないでしょ」

真衛門と恭助は振り返らず、カップ蕎麦の箱を持って去っていく。

がくりと膝《ひざ》をついた主将が、信じられないというように呟いた。

「何者なんだ、あいつ……」


「一発目は左ジャブ。続いて右ストレート。最後には、必殺のブーメランテリオス……」

わたしは、恭助が帰ってきたときのために、攻撃のコンビネーションを組み立てている。

握《にぎ》りしめた拳《こぶし》が、ミシミシと音を立てる。

そのとき、沢田さんが部屋に入ってきて、モニタの電源を入れた。

わたしは、大きく息を吐《は》き、気分を変える。

とにかく、恭助が頼りにならない今、自分で頑張《がんば》るしかない!

コンビネーションの組み立ては一時停止。モニタに意識を集中させる。

いよいよ、ミステリーゲームが始まる……。

B

映研部室前。部員Bの足音がして、ドアの前に現れる。部員Bがドアを開けようとするが、鍵《かぎ》がかかっていて開かない。ガチャガチャとドアノブを回す部員B。そこへ、部員Dが来る。

「鍵がかかってるみたいなの……」

部員Dも、ドアを開けようとするが、開かない。中からは、ガサガサと物音がする。

部員D、ドアを叩いて中に声をかける。

D　「おーい、誰かいるのか?」

そこへ、部員Fもやってくる。

D　「ダメだ。ここのマスターキーは?」

B　「職員室の金庫の中。わたし、先生に言って借りてくる」

部員B、職員室へ。その後も、部員Dと部員Fはドアを叩いたり開けようとしたりするが、開かない。

B　「持ってきたわ」

急いで鍵を開ける。大きく開かれるドア。中へ入る三人。カメラも、中へ。

真っ暗な室内。部員Fが部屋の電気をつける。

部屋の中が映される。暗幕《あんまく》が下がった部屋。机の上では、フィルムを巻き終わった映写機のリールがカタカタ動いている。他に机の上に載《の》っているのは、鍵。

床の上に、ケチャップを胸に付けた部員Aが横たわっている。その胸には大型のカッターナイフが刺さっている。

悲鳴をあげる三人。

F　「死んでる……」

立ち尽《つ》くす三人。モニタは、机の上の映写機や鍵を映していく。

部員D、暗幕を開けて窓に鍵がかかっているのを確かめる。ドアの陰《かげ》にも、人はい

〈映研部室〉

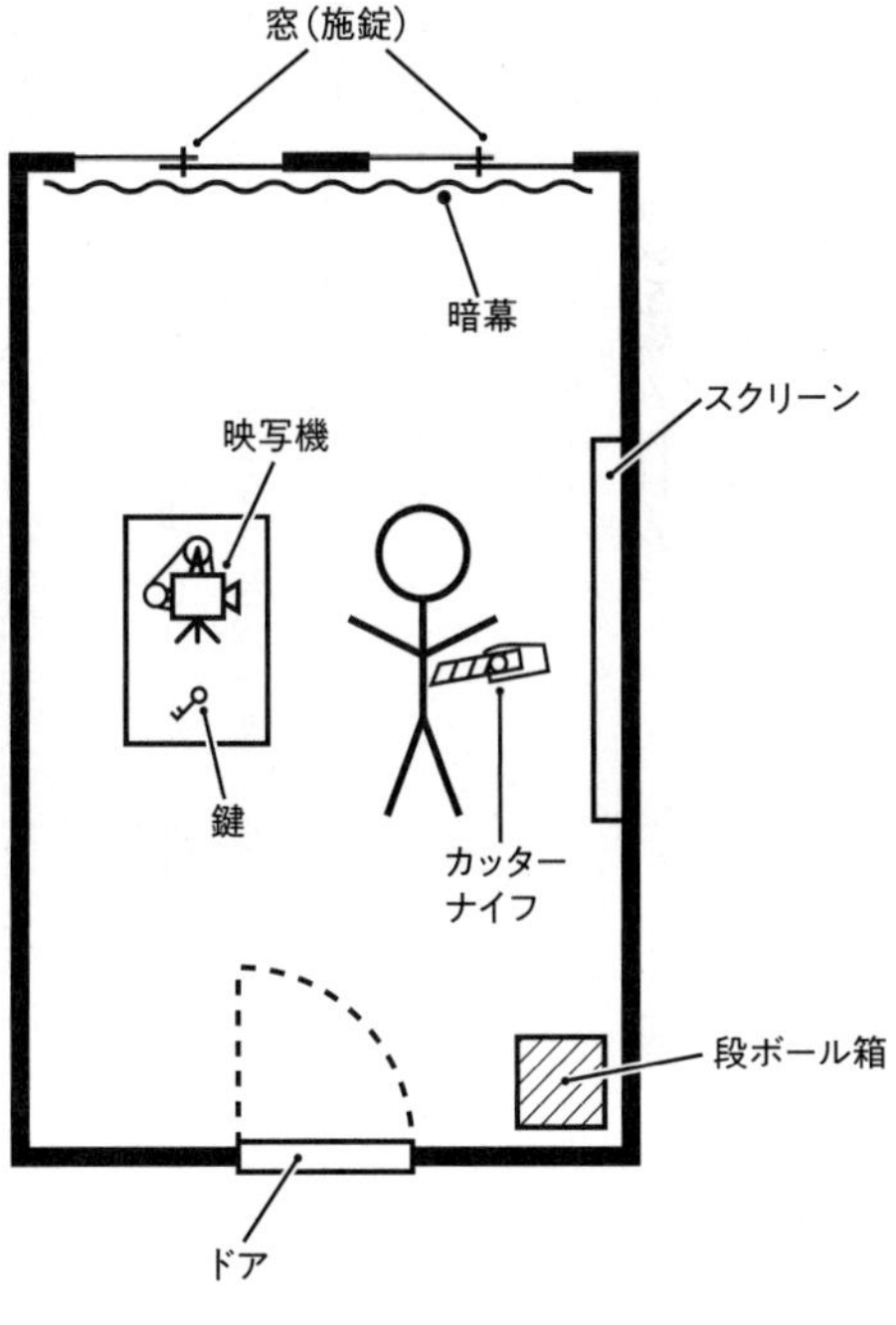

ない。

モニタ、部員Aを見下ろす他の部員を映す。

B「いったい、犯人はどこへ逃げたの……？」

モニタが暗くなる。


ドアが開いて、沢田さんと六人のミス研部員が入ってきた。ケチャップの血糊《ちのり》を付けた部員Aもいる。

「みなさま、犯人と犯行方法はわかったでしょうか。推理小説だと、ここで本当の殺人事件が起こったりするのですが、ご安心ください。誰も死んでません」

沢田さんが、みんなを笑わせようと言ったのだが、部員の反応は冷たい。

「だって、殺されるとしたら、部長だろ」

「部員同士は、仲いいもんな」

「なんせ、部長は嫌《きら》われてるもんな……」

沢田さんが振り返り、部員を睨み付けた。

コホンと一つ咳払《せきばら》いして、沢田さんが続ける。

「それでは、今から十五分で推理してみてください。特に、恭助君が正解にたどり着くことを願ってるよ」

しかし、観客の中に、恭助がいないことに気が付く沢田さん。

「――て、いないのか！」

わたしは、仕方なく言った。

「始まる前に、出ていきましたけど……」

「ふむ。解けっこないとわかって、敵前逃亡《てきぜんとうぼう》か」

ムカッとくる言葉だ。

わたしは、沢田さんの鼻をあかすため、恭助の残していった紙を渡した。

沢田さんの顔が、紙を見て青ざめる。

「どうして……あいつには被害者がわかってたんだ……？」

どうだ、すごいだろ！　って言ってやろうと思ったんだけど、どうして恭助に被害者がだれかわかったのか説明できないので、わたしは黙っていた。

「ふん、まぁいい！」

沢田さんが、気を取り直して笑顔を作る。

「それでは、十五分後に隣の部屋に集まってください。そこで解答を出してもらいます」

そして、沢田さんたちは部屋を出ていった。

さてと――。

わたしは、モニタに映った内容を思い出しながら、推理を始める。

まずは、密室の謎を解かないとね。

そのとき、恭助と真衛門さんがニコニコしながら入ってきた。二人とも、カップ蕎麦の入った段ボール箱を抱《かか》えている。

さてと――。

推理は、いったん中断。さっき組み立てた攻撃のコンビネーションを思い出す。

まずは、左ジャブからね。

「わー、ちょっと待った！」

グローブをはめたわたしを見て、恭助が頭を抱える。

「響子にも少しわけてあげますから、許してください！」

真衛門さんも、恭助の横で怯《おび》えてる。

みんなが、何事だというように、わたしたちの周りに集まってきた。

マズい……。ここで騒ぎを起こしたら、今まで培《つちか》ってきたわたしのイメージが、大きく崩《くず》れてしまう。

わたしは、優雅な笑みを浮かべて、

「なんでもありませんから」

と、みんなを席に戻した。

恭助が、安心した顔で、わたしの隣に座る。

「で、犯人はわかった？」

そう訊かれて、わたしは首を横に振った。

そして、わたしは、モニタに映った内容を恭助に説明する。

机の上の鍵。

動きっぱなしの映写機。

閉められていた暗幕。

一つも漏《も》らさないように、わたしは慎重《しんちょう》に話した。

それを、眠っているかのように、細い目で聞いている恭助。

「それで、みんなが死体を見下ろしてるところで、映像は終わったわ」

わたしの説明も、終わり。

「ふーん……」

全てを聞いた恭助は、大きく伸《の》びをした。

そして、

「それなら、答えは一つだね」

と言って、紙に『犯人は、すぐに捕《つか》まるので、説明不要』と書いた。

……ひょっとして、これが答えなの？

「これが、正解だよ」

そして、もう恭助は何も言わない。

その横では、真衛門さんが、うれしそうにカップ蕎麦の箱を撫《な》でている。

観客が、紙に書いた推理を沢田さんに渡していく。

「残念ですね……。これも間違ってます……。これも、不正解……」

一枚ずつ紙を見ていく沢田さん。

『残念だ』って言ってるけど、正解が出てこないので、うれしそうな口調だ。（こういうところに、沢田さんの人間性が出てるのよね）

「残念ですが、どれもこれも不正解です。少し、難しすぎたようですね」

得意げに、みんなを見る沢田さん。

そのとき、恭助が紙を渡した。

それを見て、笑い出す沢田さん。

「なんだい、この『説明不要』ってのは！　わからないんだったら、正直に負けを認《みと》めたらどうだね」

腹を抱えて笑う沢田さんに、恭助がボソリと言った。

「これが、正解です」

自信たっぷりの恭助。

「ほぅ、じゃあこれが正解だと、証明してもらおうか」

沢田さんが、挑戦的に恭助を見た。そして、視線を、わたしの方へ向ける。

「できないのなら、響子君は、ぼくのものだね」

背中の毛が、ゾクリと逆立つ。大っ嫌いなナメクジに睨まれた気分よ！

そのとき、恭助の細かった目が見開かれた。

これは、謎解きを始める目だ。

「――密室殺人事件なんて、幻想なんです。どのような密室も、二つに分類されます。すなわち、犯行時、犯人が室内にいたものといなかったものです」

恭助が、静かに話し始めた。

観客は、恭助の言葉を黙って聞いている。

「部員たちが室内に入ったとき、鍵は机の上にあった。マスターキーは職員室の金庫。他に鍵を持っていた者が犯人ということも考えられますが、それでは、ミステリーゲームとして、あまりにおもしろくない」

すると、ミス研部員たちが囁き始める。

「わからんぞ……」

「なんせ、ゲームを考えたのが部長だからな」

恭助は、その囁きを無視して、謎解きを続ける。

「よって、机の上の鍵が犯行に使われたものとします。すると、犯人が犯行後、鍵をどうやって室内に戻したかがわかれば、この密室は解けます。手がかりになってくるのが、机の上の映写機です。なぜ、この映写機は動いていたのか？」

恭助が、机の上の映写機に手を掛ける。

「こう考えられます。犯人は、鍵を掛けた後、映写機を使って鍵を室内に戻した。――実際に、やってみましょう」

映写機からフィルムを伸ばし、フィルムを鍵についた輪に通す恭助。

そして開けたドアから鍵を出して、フィルムを元通り映写機にセットする。

「この状態《じょうたい》で、犯人は外に出て鍵をかけた。動いている映写機がフィルムを巻き取り、鍵を机の上に運ぶ」

沢田さんがニヤリと笑った。

観客の中から、手が挙がり、一人の男の人が言う。

「おれ、そう書いたぞ」

「そうですか。——残念ながら、これは正解じゃないんです」

恭助の言葉に、沢田さんが驚いた。

恭助は、沢田さんを見てニッコリした。

「動いていた映写機は、偽《にせ》の手がかりです。物理的トリックに目を向けさせるためのね」

そして、実際にドアを閉め、恭助は実験を始めた。

「よく見ていてください」

恭助が、映写機を動かす。

フィルムは巻き取られていくが、鍵は、ドアの隙間《すきま》に引っかかって室内に入らない。

「このドアの隙間では、鍵を中に入れることはできないんです」

カタカタと音を立てる映写機を、恭助は止めた。

沢田さんが、恭助に言う。

「……きみは、どうしてこれがミスディレクションだと思ったんだ？」

「沢田さん、ゲームの前に部屋を調べてもいいって言ったじゃないですか。だから、鍵が通る隙間が無いってことはわかってました」

「…………」

沢田さんは、黙り込んでしまった。

恭助は、構わず謎解きを続ける。

「じゃあ、犯人は、どうやって鍵を室内に戻したか？　簡単《かんたん》に考えればいいんです。鍵は部屋から出ていない。つまり、犯人も部屋から出ていなかったんです」

その言葉に、驚く観客。

「今から、犯行を再現します。犯人は、犯行後すぐに逃げようとする。しかし、足音がして誰かがやってくるのがわかった。慌てた犯人は、暗幕を下げめ鍵をかけた」

恭助が、暗幕を下げドアに鍵をかけ、机に鍵を置く。

「外では、鍵を開けようとしている。犯人は、考えた。何とか隠れる場所は無いか。そして、マスターキーでドアが開けられる前に、犯人は隠れたんです」

「でも、死体を見つけたとき、誰も部屋の中にいなかったよ」

わたしが言うと、恭助は首を横に振った。

「見えなかっただけでね。犯人はちゃんと部屋の中にいたんだ。——あそこにね」

恭助が、部屋の隅の段ボール箱を指した。

段ボール箱って……あんな小さな箱に、隠れられるわけないじゃない！

わたしが文句を言う前に、恭助は段ボール箱を持ち上げた。

「手品の基本だよ」

ひっくり返した箱の一面が、切り取られている。

「こうして穴を開けた箱をつなげれば、隠れることができます。でも、いくら隠れられると言っても体の大きな人では無理です。この中に隠れられるのは——」

恭助の指が、部員Cをさした。

「一番体の小さい、きみだけです」

誰も何も言わない。

恭助の目が元の細さに戻った。張りつめていた部屋の空気が、フッと緩《ゆる》んだ。

「——と、こういうシナリオだったんじゃないですか、沢田さん」

「……正解だ……」

ニコニコした恭助に、肩を落とした沢田さんが、悔《くや》しそうに言った。

「でも、これじゃ不十分なんです」

細い目のまま、恭助が沢田さんに言う。

「どういうことだ？」

「映像では、上手《うま》く箱から出た犯人が、みんなにまぎれた場面で終わってたそうですね。でも、実際の事件じゃ、そんなふうに上手くまぎれることは、できっこない。仮にできたとしても、残った段ボール箱を調べられたら、すぐに犯人はわかってしまいます。これが、『犯人は、すぐに捕まるので、説明不要』と書いた意味です」

「…………」

「現実は、ゲームみたいに、上手くいきませんよ」

そう言う恭助。なんか、不思議な表情をしている。

現実は、ゲームみたいに、上手くいかないんだ――沢田さんではなく、自分に言い聞かせているような、恭助。

恭助が、わたしを見た。

うん、途中でいなくなったのは腹立たしいけど、これだけ見事に謎解きしたのなら……許してあげようかな。

少しばかり優しい気分になったわたしの耳に、観客の呟きが聞こえてくる。

「じゃあ、正解は無いんだ」

「豪華賞品は、どうなるんだ？」

ミス研部員たちにも聞こえたんだろう。さっそく豪華賞品の競売《きょうばい》を始める。

盛り上がる観客。

「じゃあ、帰ろうか」

恭助と真衛門さんが、カップ蕎麦の箱を持った。

響子と恭助、真衛門がいなくなった部室では、豪華賞品の競売が続いている。

売り子をしながら、部員『A』が呟く。

「でも、どうしてわたしが被害者の役だってわかったんでしょう？」

誰も、それに答える者はいなかった。

一方、部屋の隅では沢田が呟いている。

「何者なんだ、あいつ……」

その問いにも、答える者はいなかった。


夕方の街を、買い物かごを下げたお母さんが歩いている。その横では、男の子が、今夜のメニューを訊いている。

大きな夕日が、坂の向こうに沈《しず》もうとしている。

わたしは、恭助に訊いた。

「どうしてゲームが始まる前から、被害者が誰かわかってたの？」

簡単なことだというように、恭助が言う。

「あれが、ゲームだからさ」

わたしは、しばらく恭助の言った意味を考えたんだけど、わからない。

真衛門さんも、わたしと同じみたいだ。

「それじゃあ、答えになってません」

と、文句を言う。

「じゃあ、真衛門に訊くけど、自分が被害者の役をさせられるとわかってて、ケチャップで服が汚《よご》れるとしたら、どうする？」

「別に、どうもしません」

身だしなみに気を使わない真衛門さんらしい答えだ。

でも、女の子のわたしには、理解できた。

「わかった！　あの子だけ、汚れてもいい格好をしてたんだ」

「その通り。彼女は、髪型やメイクには気を使うお洒落な人だよ。でも、服はTシャツにジーパン。そこに違和感《いわかん》があったんだ」

恭助が、夕焼け空を見上げる。

「あれは、実際の殺人じゃなくゲームだった。だから、事前に殺され役だとわかっていた彼女は、汚れてもいい格好をしてたのさ。――でも、沢田さんに恥《はじ》をかかせるみたいになっちゃって、後味悪いね」

「いいの。あの人、あれぐらいで懲《こ》りる人じゃないから」

本当は、懲りて欲しいんだけどね……。

わたしは、夕焼け空に向かって、大きく背伸び。

小さかったとき――M川グラウンドで遊んだ帰り道、こんな夕焼け空を、わたしは何度も恭助と見てきた。

夕日がとっても大きくて、わたしの頬も恭助の頬もオレンジ色に染まって……。

わたしは、恭助の手を取った。

「でも、うれしかった。恭助が、ちゃんと謎解きしてくれて」

「………………」

恭助は何も言わないけど、その耳が、夕日より赤く染まってる。

真衛門さんが、恭助の持っていたカップ蕎麦の箱を持った。

「じゃあ、ぼくは先に帰って夕飯の用意をしています。お二人は、ごゆっくり」

ウインクを残して、真衛門さんが走っていった。カップ蕎麦を三箱持ってるのに、すごいスピード。

恭助が、真衛門さんを止めようと伸ばした手を下ろす。

そして、咳払《せきばら》いを一つ。

「気を利《き》かせたつもりなのかな……」

「うん」

後ろを見ると、わたしたち二人の影が、長く延《の》びている。

「遠回りして帰る？」

恭助の言葉に、わたしはうなずいていた。

坂の上に、円柱形《えんちゅうけい》のポストが一つ。

「響子ちゃん」

恭助が、前を見たまま言う。

「ぼくより推理力のある人がいたら、教えてね」

「勝負するの?」

わたしの問いに、恭助は答えない。

でも、答えなくったって、わかってる。

わたしは、恭助の肩に寄り添った。

二つの影が、一つの長い影になった。


月夜に浮かぶ沢田邸――。

その書斎《しょさい》では、沢田がマホガニーの机に向かい、新たなミステリーゲームのシナリオを書いていた。

もう、原稿用紙が国産であろうが無かろうが、気にならない。

モンブランの万年筆を握りしめ、原稿用紙の升目《ますめ》にギシギシと文字を刻《きざ》んでいく。

「すまさんぞ~! このままでは、すまさんぞ~!」

時折、恭助に対する呪詛《じゅそ》の言葉が口からこぼれている。

「必ず、恭助に『ぎゃふん』と言わせてやる!」

そんな沢田に、いつの間にか現れた菊池が、背後から優しく語りかける。

「お坊ちゃま、『ぎゃふん』は死語です」

その言葉に、沢田は切れた。

「貴様が、横からいらんことを言うから、脚本がうまくいかんのだ！」

完全な八つ当たりである。

「ああ〜、お許しください、お坊ちゃま！」

そう言いながらも、菊池は沢田からの足蹴《あしげ》を、甘《あま》んじて受けている。

これが、お坊ちゃまの愛情表現なんだ。

一般人には理解しがたい、沢田と菊池の関係である。

To Be Continued

High School Adventure II
幽霊ストーカー事件

『カンコドリ』って、どんな鳥なの？」

保育園のとき、恭助《きょうすけ》に訊いたことがある。

「主に、暖《あたた》かい地方に棲《す》んでる鳥だよ」

恭助は、わたしと目を合わさないようにして教えてくれた。

『カンコウ、カンコウ』って鳴くから、カンコドリって名前がついてるんだ。商店街のペット屋さんでも売ってるよ」

——恭助が嘘をついてたことがわかったのは、小学校五年生のときだった。

で、高校生になった今、わたしはカンコドリの意味を知ってる。

ちゃんと、漢字で閑古鳥《かんこどり》とも書ける。

だから、はっきりと、こういう文章も書ける。


閑古鳥は、虹北商店街にある古本屋——虹北堂に棲息《せいそく》している。

絶滅《ぜつめつ》の心配はまったくなく、今日も閑古鳥は元気に鳴き叫んでいる。


「ひどい書かれ方のような気がするんだけど……」

恭助が、わたしのノートを覗《のぞ》き込んで言った。

「でも、嘘は書いてないわ」

わたしは、ノートを閉じて店内を見回す。

古本独特の匂《にお》い。背の高い本棚《ほんだな》が、林のように並んでいる。

いつもの虹北堂。

恭助は、店の奥で本を読みながら店番してるし、猫のナイトはお昼寝してる。

お客さんは一人もいない。

居候《いそうろう》のミリリットル真衛門《しんえもん》さんが、暇そうにハタキを使っている。こんなに割烹着《かっぽうぎ》が似合うフランス人って、わたしはほかに知らない。

「お客さん、来ませんね……」

真衛門さんに続いて、古本の山の上でナイトが、

「ふぁ〜あ」

と、欠伸《あくび》する。

「昨日、十二人来たよ。一昨日は九人、その前は十四人、その前は——」

恭助が真衛門さんに反論するけど、言葉に力が無い。

「本を買ってくれた人は、少ないじゃないですか」

「昨日五人。一昨日は三人、その前は六人、その前は——」

恭助は、記憶力《きおくりょく》がいい。例えば、「去年の十二月八日に売れた本の題名は?」って訊け

ば、即座に答えてくれるだろう。

反面、これだけ覚えていられるってことは、それだけお客さんが少ないってことなんでしょうけどね……。

真衛門さんが、溜息をつく。

「このままじゃ、ご飯食べるお金、無くなっちゃいますよ」

暗に、虹北堂に客が少ないのは店主の責任だって言ってるような気がする。

でも、恭助も負けてない。

「うちには、大飯ぐらいの居候がいるからね……」

槍《やり》のような言葉を返している。

途端に、真衛門さんのハタキが激《はげ》しく動き始める。どうやら、忙《いそが》しそうに働くふりをしているようだ。

「日本には、『居候、三杯目にはそっと出し』って言葉があるんだよ」

言葉の槍が次々と刺さり、真衛門さんは針鼠《はりねずみ》のようだ。

わたしは、真衛門さんを励《はげ》まそうと、カバンから手紙の束を出した。

「元気出してよ。ほら、こんなに手紙預《あず》かってきたから」

次の瞬間——ハタキを放り出した真衛門さんは、わたしのところまで瞬間移動してきた。

そう、それは瞬間移動としか言いようのない素早《すばや》い動き。わたしは、真衛門さんが武芸の達人だということを、あらためて認識《にんしき》した。

わたしたち三人は、店の奥の居間に行く。

どうせ、店番してても客は来ないんだからかまわない。

わたしは、丸い卓袱台に手紙の束を出す。

ピンクや水色、可愛《かわい》いイラストが入った封筒《ふうとう》が、卓袱台に山をつくった。

真衛門さんが、興味深そうに手紙の山を見ている。

「真衛門さん、この間の文化祭で、剣道部の主将に勝ったでしょ」

わたしは、封筒を一つ取って彼に渡した。

「だから、女の子たちが騒いでるの。すごく強くて格好良いって」

これを聞いて、真衛門さんの顔がニコニコになる。さっきまでの針鼠とは大違い。

「で、わたしが真衛門さんの知り合いってことで、預かってきたの」

もう、真衛門さんは、わたしの言葉を聞いちゃいない。

すごい勢いで封筒を開くと、中の手紙を読み始めた。

でも――。

ニコニコ顔の真衛門さんの顔が、だんだん曇《くも》っていく。そして、彼の目から涙がこぼれた。

わたしは、驚いて訊く。

「どうしたの、真衛門さん！　何か、哀《かな》しいことが書いてあったの？」

理由がわかってるのだろうか、恭助は落ち着いたものだ。細い目のまま、お茶を飲んでいる。

真衛門さんが、割烹着の裾《すそ》で涙を拭《ふ》いた。

「ぼく……日本語、読めないんです……」

なぁんだ、そうだったのか。

真衛門さんは、日系のフランス人だ。ご先祖様に日本人がいたそうで、日本語を聞いたり話したりするのは得意なんだけど、読み書きまでは勉強する時間が無かったみたい。

恭助が、お茶を飲みながら、わたしに訊いてくる。

「ぼくには無いの？」

「あるわよ――二通」

わたしは、不機嫌《ふきげん》な声にならないように気をつけながら、カバンから封筒を出した。

バラ色の派手な封筒と、レモン色の封筒。

恭助は、バラ色の封筒を開けた。

わたしは、横から覗き込む。

Ｄｅａｒ　恭助君

突然のお手紙、驚いたでしょ。

ぼくは、この間のミステリーゲームで恥をかかされたことを、忘れてないからね。

今、きみを、ぎゃふんと言わせる手段を考えてるから、楽しみにしていてくれたまえ。

それでは、またお目にかかれるのを楽しみにしているよ。

ハッハッハ！

沢田《さわだ》京《きょう》太《た》郎《ろう》より

「…………」

恭助の顔に縦線《たてせん》が入った。

見えないけど、わたしの顔にも縦線が入ってるんだろうな……。

沢田京太郎っていうのは、わたしの高校の生徒会長で、ミステリ研究会の部長でもある。

ミス研は、文化祭でミステリーゲームをやったんだけど、沢田さんの考えた推理《すいり》劇《げき》は、恭助にあっさり見抜かれてしまった。

で、沢田さんは、恭助に恥をかかされたと思い込んでいる。この人に、『逆恨《さかうら》み』という自覚は無い。

「……沢田さんだけは、ぼくの理解を超《こ》えてるね。どうして、手紙の中に『ハッハッハ！』って笑い声が書いてあるんだろう？」

複雑な顔をしている、恭助。

「素敵なラブレターじゃない」
わたしは、手紙の差し入れが女の子じゃなかったので、少しホッとしている。
そうよね、社会生活不適応者の恭助に、ラブレターなんかくるわけないもん。
恭助が、もう一通の封筒を開ける。

助けてください。

ストーカーにつきまとわれています。

でも、そのストーカーがどこにいるのかが、わかりません。
いえ、ストーカーじゃなく、幽霊《ゆうれい》みたいです。

このままでは、おかしくなりそうです。
助けてください。

1年2組　山原《やまはら》　美代子《みよこ》

「…………」

恭助は、真剣な顔で手紙を見ている。

「これ――イタズラじゃないよね……」

わたしが訊くと、恭助はうなずいた。

「イタズラじゃないよ。第一、ぼくにイタズラを仕掛《しか》けても、何の得もない」

そりゃそうだ。

恭助は、高校に行っていない。小学校のときからの、筋金入りの不登校児童だ。

社会との接点は、この虹北堂だけ。

「ぼくは、たくさんの人を虹北堂《ここ》で見ている。学校へ行かなくても、社会性は身に付いてるよ」

恭助は、そう言い訳《わけ》するけど、わたしから見たら、ただの社会生活不適応者だ。

いくら店番してたって、自分から他の人に働きかけるわけじゃない。他の人から働きかけてもらうのを待ってるだけだ。

十代にして御隠居《ごいんきょ》さんの雰囲気を身に付けている恭助――そんな恭助に、イタズラの手紙を出しても仕方ないよね。

「どうするの？」

わたしが訊いても、恭助は答えない。

丁寧に手紙を畳《たた》むと、封筒に戻した。

「助けてあげないの？」

すると、恭助はきっぱりと言った。

「ぼくは、探偵《たんてい》じゃないんだよ。古本屋の店番だ。ぼくの仕事は、ここで古本を売ること。素人《しろうと》探偵を気取って、出しゃばっていくことじゃない」

そう言いながらも、わたしと目を合わせようとしない。なんとなく、迷《まよ》ってるみたい。

「ぼくは学生でもない。仕事をしてお金を稼《かせ》がないと、食べていけないんだ。――虹北堂《うち》には、居候もいることだしね」

恭助の言葉が聞こえたのか、それまで、「へー、日本のギャルは手紙にプリクラ貼るんだ」とか「この娘《こ》、便箋《びんせん》にコロンをふりかけてる」とか言いながら手紙を見ていた真衛門さん、急にソワソワして、店の方へ逃げていった。

そりゃ、恭助が気楽な学生と違うってことはわかるけどね……。

「じゃあ、無視するの？」

わたしの質問に、恭助は答えない。

ダメだ――わたしは、だんだん腹が立ってきた。

「呆れた……。虹北恭助は、困ってる人を見殺しにできるんだ」

皮肉たっぷりに言っても、彼は反応しない。

わたしは、拳を握る気になれない……。

黙って立ち上がると、カバンを持った。

店の前では、忙しそうな振りをして、真衛門さんが竹ぼうきで掃除していた。

「あれ？　響子《きょうこ》、もう帰るんですか？」

「うん……」

わたしは、指で涙を隠して、走り出した。

後ろで、真衛門さんが、

「配達に行ってきます」

と言う声が聞こえた。

虹北商店街の中央広場には、時計台とベンチがある。

わたしは、ベンチにカバンを放り出し、座った。

会社帰りのサラリーマンや、夕食の買い出しに来た主婦が、忙しそうに通り過ぎる。

わたしは、大きく溜息をついた。

今の気持ち……自分でも、よくわからない。

怒ってるのか、哀しいのか……。

足元で、野良犬《のらいぬ》のシロが、「ふぁ～あ」と大きな欠伸をする。いいよね、シロはお気楽で。

シロの頭を撫でていると、頑丈《がんじょう》そうな革《かわ》のブーツが視界に入った。

顔を上げると、真衛門さんが立っていた。

「真衛門さん……どうしたの？」

わたしの隣に腰を下ろす真衛門さん。

「恭助のこと、怒ってるんでしょ？」

そう訊かれても、答えられない。

わたしは、まだ自分の気持ちが、わからない。

「響子は、恭助にどうしてもらいたいんですか？」

わたしは、言葉を選んで、気持ちを整理する。

「そりゃ……恭助の言うこともわかるわよ。学生と違って、働かないといけないってのも、わかる。でも、やっぱり、相談にのってあげて、事件を解決してほしいの。だって、恭助には、それだけの能力《ちから》があるもの……」

「そうですね……」

うなずく真衛門さん。

そして、独り言《ひとごと》のように話し始める。

「フランスで初めて会ったとき、恭助は自分の能力を隠してました。いろんな国でたくさん事件を見てきたそうですが、できるだけ関わらないようにしていたそうです」

「どうして？」

「傷つくからです。恭助には、謎の全てが見えています。そして、その背後にある人間の暗い部分も、全て見えてます。恭助は、もう見たくないんです」

「…………」

「謎を解くなんてことは、恭助にとって簡単なことです。ただ、事件を解決することで、いろんな見たくないものが見えてくる。傷つく人が出てくる。それがイヤなんです」

そんなこと……真衛門さんに言われなくたってわかってる。

わたしは、恭助の幼馴染みだ。

謎を解くことで、恭助が傷つくことがあるのも、知っている。

だから……だから、無理に謎解きをしてくれって言えない。

でも、目の前に困ってる人がいるのに無視する恭助も、見たくない。

真衛門さんが、笑顔で言う。

「まぁ、もう少し恭助が大人になるのを待ちましょう」

そのとき、ベンチの後ろから、

「誰が大人になるのを、待つって？」

恭助の声がした。

振り返ると、少し照《て》れくさそうな顔をした恭助が立っている。

そして、わたしに向かって言った。

「響子ちゃん、明日、学校は何時まで？」

「お昼までだけど……」

「じゃあ、山原さんに言っといて。明日は虹北堂の定休日だから、学校の帰りに喫茶店《きっさてん》『FADE IN《フェイドイン》』へ来るようにって」

えーっと……ということは……。

「どこまで役に立てるかわからないけど、やれるだけやってみるよ」

恭助の笑顔。

真衛門さんが、肩をすくめる。

「虹北堂に定休日があったんですか。今、初めて知りました」

「配達だって言って、ベンチでサボってる居候には黙ってたんだよ」

槍のような恭助の言葉が真衛門さんに刺さり、真衛門さんは、また針鼠になった。


学校の帰り、わたしは山原さんを連れて『ＦＡＤＥ ＩＮ』へ行った。

恭助と真衛門さんは、先に来ていて四人掛けのテーブルで待っていた。

わたしは恭助の隣、山原さんは真衛門さんの隣りに座る。

小柄な山原さんは、うつむきがち。肩の下までの長い髪が、サラリと流れてる。

目が大きく、美人というより可愛いというタイプの山原さん。今は暗い顔をしてるけど、笑顔を見たいなって思わせる娘《こ》だ。

「気がついたのは、一月《ひとつき》くらい前です……」

ポツリポツリと、山原さんがストーカーの説明を始める。

「学校からの帰り、誰かにつけられてるみたいなんです。気になって振り返っても、誰もいないし……。それに、ときどき変な電話が家にかかってくるんです」

山原さんは、話しながらチラチラと恭助を見る。

恭助が真剣に話を聞いてるか確かめてるようだ。（恭助は目が細いけど、寝てるわけじゃな

いからね)

「どんな電話ですか?」

真衛門さんが訊いた。

「わたしの行動を監視《かんし》してるような内容なんです。『本屋で立ち読みしてないで早く帰りなさい』とか、『買い食いすると、太るよ』とか——」

そう答える山原さんの声は、少し震《ふる》えている。

「つけられているということですね」

山原さんが、うなずいた。

「一つ、教えてください」

恭助が、口を開いた。

「あなたは、どうしてストーカーを幽霊みたいだって思ったんですか?」

「わたし、学校へは歩いて通ってます。それで、つけられないように、登校の時間帯を変えたり、突然バスに乗ったりしてみました。それでも、電話はかかってくるんです。——それに、一度、ストーカーをつかまえようとしたことがあるんです」

そのときのことを思い出したのか、山原さんの体が、ブルッと震えた。

「長さ百メートルくらいの、車も通れないような細い一本道があるんです。その角の煙草《タバ》屋《や》のおばあさんに、わたしの後に誰も来ないかどうか見ていてってお願いしたんです」

「それって、お春《はる》ばあさんの店?」

恭助が訊くと、山原さんがうなずく。

お春ばあさんの店なら、わたしも知ってる。

山原さんが続ける。

「おばあさん、誰も通ってないって言ったけど、それでも電話はかかってくるし――」

確かに、山原さんの言葉を聞いてると、ストーカーは実体の無い幽霊のように思える。

でも、まさかね……。

「誰か、ストーカーしそうな人に心当たりないの？」

わたしは、あくまでもストーカーは人間だと考えて、山原さんに訊いた。

「……一人いますけど。わたし、夏の大会が終わるまで、野球部のマネージャーをしてたんです」

そうだった。

うちの高校の野球部は、甲子園を狙《ねら》うような強豪《きょうごう》チームじゃない。でも、そんなことは、野球大好きの部員たちにとっては、関係ないこと。

夏休み――炎天下のグラウンドの脇を通ると、みんな一生懸命ボールを追いかけていた。

ジャージ姿の山原さんも、球拾いをしたり、ユニホームの洗濯《せんたく》をしたりしていたっけ。

「そのとき、三年生の西本《にしもと》さんに、交際を迫《せま》られたんです。西本さんは、近所に住んでる幼馴染みなんですが……。彼が、汗だくになって練習してるときハンカチを貸してあげたり、特製ドリンクを作ってあげたりしたのを、誤解《ごかい》されたんだと思います。西本さん、悪い人じゃないとは思うんですけど、すごくしつこくて……」

「決まりですね。ストーカーは、その西本ですよ」

真衛門さんが断言した。

でも山原さんは、首を横に振る。

「それはありません。だって、今、西本さんは登校中の事故で足を骨折してるんです」

なるほど。松葉杖《まつばづえ》じゃ、ストーカーはできないわね……。

そのとき、映画『ロッキー』のテーマ曲が店に流れた。

「沢田京太郎、登場！」

わたしたちのテーブル席の後ろから、突然、沢田さんが現れた。

出たか……。

わたしたちは、沢田さんを無視しようとしたが、そんなことにはお構いなしで、沢田さんは自分の世界を築き始める。

「ぼくが来たからには、もう安心！　全ての謎は、ぼくの前に解き明かされます！」

そして、恭助に話しかける。

「きみは、今までの話で幽霊ストーカーの謎が解けたのかね？」

眼鏡のフレームを直し、沢田さんは得意そうだ。

つまり、ずっと山原さんの話を盗《ぬす》み聞きしてたようだ。

「この人が、ストーカーじゃないんですか？」

真衛門さんが小声で訊いてくるけど、否定できない。

恭助に相手にされないことにも負けず、沢田さんは続ける。この精神的な強さ、見習わなきゃいけないのかな……。

「ぼくには、ストーカーの正体がわかったよ」

びっくりするようなことを言って、人差し指を上に伸ばす沢田さん。

わたしたちもつられて、上を見た。『ＦＡＤＥ ＩＮ』の白い天井が見えるだけだ。

いったい、沢田さんは何を言いたいんだろう？

「ストーカーの正体は、軍事衛星だ！」

断言する沢田さん。

わたしたちは、視線を天井から戻した。

両肩が重い。

すごく、無駄《むだ》な時間を使ってしまったような気がする。

冷たい雰囲気に気づくことなく、沢田さんは続ける。

頭の中で、『沢田京太郎オンステージ！』というネオンサインが点滅する。（今夜は、うなされそうだ）

「今の軍事衛星は、衛星軌道《きどう》から地上を十センチ単位でスキャンすることができます。女子高生に気づかれないよう、その行動を追いかけることなど、お茶の子さいさいです」

すると、沢田さんの背後に、すっと菊池《きくち》さんが現れた。

「お坊ちゃま、『お茶の子さいさい』は死語ですよ」

ロマンスグレーの菊池さんは、沢田家の執事だ。誠心誠意、沢田さんに尽くす菊池さんは、悪い人じゃない。悪い人じゃないんだけどね……。

今、余計なことを言った菊池さんは、沢田さんからげしげしと足蹴にされている。この二人の関係は、わたしたち凡人《ぼんじん》には理解できない。

肩で息をしながら、沢田さんは叫ぶ。

「お出《い》でませ！　ミス研六人衆《しゅう》！」

すると、またまたテーブル席の後ろから、ミス研部員六人が現れた。

沢田さんにしろ、ミス研六人衆にしろ、ずっと隠れて出番を待ってたのね……。

「さぁ、軍事衛星の調査に行くぞ！」

元気に沢田さんが言うけど、ミス研六人衆は、真衛門さんや恭助と話し込んでいる。

「ミス研六人衆も、たいへんですねえ」

「仕方ないですよ」

「結構《けっこう》、楽しいこともありますしね」

「まぁ、あれでも一応部長ですから」

ミス研六人衆は、ケーキやコーヒーを注文し、すっかりくつろいでいる。

「さっさと働かんかい！」

沢田さんに蹴り出され、ミス研六人衆は『ＦＡＤＥ ＩＮ』を出ていった。

途端に、店内は静かになった。

「……恭助も、沢田のように迷いも無く事件に取り組むようになったら、一人前ですね」

真衛門さんに言われ、恭助は苦笑する。

でも、恭助が沢田さんみたいになったら、ヤだな……。

「じゃあ、ぼくも調査に行ってくるよ」

恭助が立ち上がったので、わたしも席を立つ。

「真衛門は、どうする？」

「ぼくは、彼女の騎士《ナイト》役をやってます」

さりげなく、真衛門さんが山原さんの肩に手を回した。

さすが真衛門さん、手が早い……。


「調査って、どこへ行くの？」

わたしは、虹北商店街を抜けて、さっさと歩いていく恭助に訊いた。

「お春ばあさんの煙草屋さんへ行こうと思うんだ」

振り向かずに答える恭助。

わたしは、続けて訊く。

「ねぇ、沢田さんが言ったみたいに、軍事衛星がストーカーの正体じゃないの？」

「あのねぇ、なんでわざわざ軍事衛星が、一介《いっかい》の女子高生をストーカーしなきゃいけないの？」

呆れた声が返ってくる。

「ありとあらゆる可能性を考えた方が、いいんじゃない？」

恭助は、もう返事してくれなかった。

煙草屋の店先では、お春ばあさんが座って店番をしていた。

煙草屋の前からは、細い路地が続いている。

その路地を、お魚をくわえたドラ猫を追いかけて、女の人が裸足《はだし》で駆けていった。

「お春ばあさんに気づかれず、店の前を通れると思う？」

恭助が、わたしに訊いてくる。

お春ばあさんの視線は、ずっと路地の入り口を見ている。どう考えても、気づかれずに通ることは不可能のような気がする。

「もし、お春ばあさんがぼんやりしてたら、通れると思うけど……」

わたしが答えると、

「ぼんやりしてるかしてないか、試してみるよ」

恭助が、店の方へ歩いていく。わたしも、慌てて後を追いかける。

「お春ばあさん、久しぶり」

恭助が、笑顔で手を上げた。

「あら、恭ちゃん！」

皺《しわ》だらけの顔を、ますます皺だらけにして、お春ばあさんは微笑んだ。

「外国から帰ってきたってのに、ちっとも顔を出さないんだからね。少しばかり、冷たいんじゃないかい？」

お春ばあさんに言われ、恭助は苦笑して頭をかいた。

そして、マントの隠しから五千円札を出して、お春ばあさんに見せる。

「お春ばあさん、五百円の煙草ちょうだい」

途端に、お春ばあさんの顔が厳《きび》しくなる。

「恭ちゃん、未成年だろ。売れないね」

「吸うんじゃないよ。実験したいことがあるんだ」

「ならいいけど……」

お春ばあさんは、煙草とおつりの四千五百円をカウンターに出した。

恭助は、煙草と五百円を仕舞《しま》い、持っていた五千円札を、おつりの四千円の上に置いた。

さらに、千円札を足して、お春ばあさんに言う。

「悪いけど、これ一万円札に両替《りょうがえ》してくれない？」

すると、お春ばあさんは金歯をむき出して、ニカッと笑った。

「古くさい手だね、恭ちゃん」

「やっぱり、騙《だま》せなかったね」

恭助が、頭をかく。

「わたしを誰だと思ってるんだい？」

カッカッカと高笑いする、お春ばあさん。

「失礼しました、師匠《ししょう》」

恭助は、丁寧に一礼する。そして、

「改めて訊きたいんだけど、お春ばあさんの目に留まらずに、この店の前を通り過ぎることってできる？」

「百パーセント不可能だね。わたしの眼《め》は、鷹《たか》よりも鋭いよ」

「さっき、誰か通った？」

「女の人が、裸足で駆けてったよ。お団子《だんご》のような丸い鼻で、髪型は――」

滔々《とうとう》と説明するお春ばあさん。

恭助は、満足そうに頭を下げた。

「――いつまでも、お元気で」

わたしと恭助は、店先を離《はな》れた。

恭助は、うれしそうだ。

「お春ばあさんは、健在だよ。あの人に見つからずに通ることのできる人間は、いないね」

わたしは、恭助の言うことが耳に入らず、さっきから考え込んでいる。

どうして、お春ばあさんは両替してくれなかったのか？

「……響子ちゃん、ひょっとして、ずっと考えてるの？」

恭助を無視して、わたしは考え続ける。
えーっと……。最初に、恭助は五千円札を見せた。
で、お春ばあさんは煙草と五百円を出した。
恭助は、煙草と五百円をマントに仕舞う。
次に、恭助は五千円札をカウンターの四千円の上に置き、さらに千円を出した。
もし、これを一万円札に両替していたら……。
わたしは、頭の中に表を作る。

	恭助	お春ばあさん
出した	五千円札 千円札	煙草 四千五百円 一万円札
もらった	煙草 五百円 一万円札	五千円札 千円札五枚
差引	煙草と四千五百円の得	煙草と四千五百円の損

「わかった！」

答えを見つけたわたしは、叫んだ。

「あそこで両替してたら、お春ばあさんは煙草一箱と四千五百円損《そん》するわ！」

「響子ちゃん、ずっと考えてたんだ……」

恭助が、パチパチと拍手《はくしゅ》してくれた。感心してるっていうより、呆れてるって感じ。

わたしは、もう一つ気になることを訊いた。

「ねぇ、さっき、お春ばあさんを『師匠』って呼んでたじゃない。あれは、どうして？」

「お春ばあさんは、ぼくに手品を教えてくれた一人なんだ」

そうだったのか……。

恭助は、幼いときに両親を亡《な》くしている。

そんな恭助は、商店街の人だけじゃなく、たくさんの人にいろんなことを教えてもらってる。

小学校のときからの不登校児童——恭助は、学校以外のところで、さまざまなことを学んでいる。

わたしとしては、もっと社交性を身に付けてほしいところだけどね。

お春ばあさんに会ってから、わたしたちは虹北堂に帰った。

わたしは、卓袱台の上にお金を広げて、さっきのおつりの問題を検証する。

すると、居間の隅の黒電話が鳴った。

「はい、虹北堂」

恭助が電話に出る。

わたしも、受話器に耳をひっつけた。

「恭助、助けてください！」

真衛門さんの声だ。

なんだか、すごく焦《あせ》ってる声。

「真衛門、どこにいるの？」

そう訊く恭助も、びっくりしている。

「警察《けいさつ》です！」

悲鳴のような真衛門さんの声。

「警察？」

わたしと恭助は、デュエットで叫んだ。


警察署の前では、背の高い真衛門さんが、小柄なお巡《まわ》りさんにペコペコと頭を下げていた。

「もう、二度と帰ってくるんじゃないよ」

お決まりの台詞《せりふ》を言う、お巡りさん。

「お世話になりました」

これも、お決まりの台詞で答える真衛門さん。

わたしと恭助は、溜息をついて、そんな様子を見ていた。

「いやぁ、たいへんな目にあいました」

頭をかきかき、わたしたちのところにやってくる真衛門さん。

「なんで、警察に捕《つか》まったの？」

わたしが訊くと、

「山原の後をついて警護《けいご》してただけなんです。ちゃんと、彼女が家に帰るまで見届けたあとも、気を抜かずに家の前で張り込んでいました。そうしたら、怪《あや》しい外国人がいるって、近所の人に通報されて……」

長身の真衛門さんが、辺りをキョロキョロ見まわしながら山原さんの後ろを歩いてたら——確かに、これは怪しいわ……。

「でも、もう大丈夫ですよ！」

真衛門さんが、胸を張る。

「今日半日、ずっと見てましたが、彼女の周りに不審《ふしん》な人はいませんでした。ストーカーは、いませんよ。山原の気のせいですね」

それを聞いて、わたしも、ストーカーは山原さんの勘違《かんちが》いのような気がしてきた。

なんてったって、真衛門さんは武芸の達人。彼に気づかれず、山原さんをつけまわすこなどできはしない。

すると、恭助が首を横に振る。

「ストーカーはいるよ。でないと、山原さんにかかってきた電話の説明が、できない」

ああ、そうだった。

そのとき、わたしの携帯電話から水戸《みと》黄門《こうもん》の着メロが流れた。

ディスプレイを見ると、山原さんからだった。

「はい。山原さん、どうしたの？　――え、また！　……うん、じゃあ、すぐに行くから」

わたしは電話を切って、恭助と真衛門さんに言った。

「山原さん、家にストーカーから電話があったって……。『誰に警護してもらっても無駄だ』って……」

真衛門さんの顔が青褪《あおざ》める。

「そんな……確かに、ストーカーはいなかったのに……」

「いよいよ、幽霊らしくなってきたじゃないか」

そう言う恭助の右目は、丸く見開かれていた。


家にいるのが怖《こわ》いと言って、山原さんは『ＦＡＤＥ　ＩＮ』を待ち合わせ場所に指定した。

お昼と同じように、わたしたちは四人掛けの席に座った。

山原さんが、ポツリポツリ話し始める。

「今日は、真衛門さんが後ろについていてくれたので、安心して家に帰ることができました」

それを聞いて、フフンフフンと得意そうな真衛門さん。

「部屋で宿題をしてたら、外でパトカーの音が聞こえましたけど、気にはなりませんでした」

これには、視線を逸らす真衛門さん。

「しばらく部屋で本を読んでたんです。そうしたら、電話がかかってきて——」

「電話の内容を、詳しく話していただけますか？」

恭助が言った。

山原さんは、チラッと真衛門さんを見て、言った。

「『あんな食い意地のはった外国人に警護を頼んでも無駄だぞ』って……」

「どうして、真衛門が食い意地はってるって、ストーカーは思ったのかな？」

恭助が真衛門さんの方を見る。

真衛門さんは、慌てて手を振って、

「ちょっと、蕎麦屋さんの前を通ったときに、よそ見しただけですよ。あと、スーパーの前で、カップ蕎麦の安売りが気になっただけで……」

わたしと恭助に、ジトッとした目で睨まれ、真衛門さんは言い訳を続ける。

「でも、誰も山原をつけていなかったのは、ミリリットル家の名誉《めいよ》にかけて断言できます。

ぼくに気配を覚《さと》られず、彼女をストーカーすることなどできません！」

「確かに、真衛門は武芸の達人だからね……」

恭助に言われ、自信を取り戻す真衛門さん。

「その真衛門に気づかれないってことは、ストーカーは真衛門以上の武芸の達人かもしれない」

そう言われ、落ち込む真衛門さん。

そのとき、ウエイトレスの由美子《ゆみこ》さんが、新しいコーヒーを持ってきた。

「なんか、たいへんそうね」

由美子さんが温かい笑顔をわたしたちに向けてくれる。

彼女に微笑まれると、どんな困難な状況も、たいしたことないんだって思えてくるから不思議。

えーっと、由美子さんの紹介をしないとね。

彼女は、現在、大学院で社会教育学の勉強をしている。（すごい！）

そして、『ＦＡＤＥ ＩＮ』のマスターの奥さんだ。（これは、ある意味、もっとすごい！）

「まぁ、わたしもたいへんだけどね……」

少し笑顔が曇《くも》って、溜息をつく由美子さん。

その横に、ラジコンヘリコプターを持った若旦那《わかだんな》とマスター、ビデオカメラを持った宮《みや》崎《ざき》さんが子どものように楽しそうにやってきた。

由美子さんに続いて、若旦那たちの紹介！

若旦那は、自称〈燃える一介の映画人〉だ。家はカメラ屋さんなんだけど、家業そっちのけで、アマチュア映画制作に情熱をかたむけている。で、マスターとイラストレーターの宮崎さんは、映画仲間ってわけ。

髭面《ひげづら》のマスターが、由美子さんに言う。

「すまないが、お店のこと頼むよ」

なるほど。由美子さんが、さっき溜息をついた理由《わけ》がわかった。

確かに、こんな人の奥さんだったら、たいへんだ……。

恭助が、若旦那の持ってるラジコンヘリを見る。

「今日は、ラジコン遊びですか？」

すると、若旦那が、心外だという顔をした。

「失敬《しっけい》なことを言うね、恭助君は。我々は、常に映画のことを考えてる〈燃える映画人〉だ。ラジコン遊びなどしてる暇は、無い！」

でも、ラジコンヘリを持ってるじゃないの……。

不思議に思ってるわたしに、宮崎さんが説明してくれる。

「これは、航空撮影に使うんだよ。ほら、ヘリの下に小型カメラがついてるだろ」

宮崎さんが指さすところを見ると、小さなカメラがついている。大きさは、ガチャガチャのカプセルの半分より、もっと小さい。

「小型ＣＣＤカメラでね、無線送信できる優れ物なんだ」

自慢してくるけど、それがどんなにすごい物なのか、わたしにはわからない。

そのとき、『ロッキー』のテーマ曲が流れてきた。

イヤな予感を感じる暇もなく、

「そうか、そういうことだったのか！」

テーブル席の後ろから、沢田さんが現れた。

呆気にとられてるわたしたちにお構いなく、沢田さんはポーズをとる。

「謎は、全て解けた！」

そして、無言で宮崎さんが持ってるビデオカメラを見る。

宮崎さんが、沢田さんの迫力に負けて、カメラを回し始める。

カメラ目線で謎解きを始める沢田さん。

「なぜ、ストーカーは、姿を見せずに山原君をつけることができたか？　――その答えが、これだ！」

ラジコンヘリの小型カメラを、ピッと指さした。

そして、そのまま、しばらく動かない。きっと、沢田さんの頭の中では、「じゃじゃじゃじゃ～ん！」という効果音が鳴っているのだろう。

効果音が終わったらしく、沢田さんは謎解きを続ける。

「ストーカーは、この小型カメラを使って、山原君をつけたのです!!　お出でませ、ミス研六人衆！」

ミス研六人衆が、テーブル席の後ろから現れた。

それにしても、ミス研部員って、たいへんだ……。

「ストーカーは、道路に小型カメラを隠してるはずだ！　探しに行くぞ！」

沢田さんが、右手を突き上げる。

仕方なく、「おー」と手を上げるミス研六人衆。『しがらみ』とか『付き合い』を、この年齢で学ぶことができる彼らは、ある意味幸せかもしれない。（恭助も、少しは見習いなさいね）

「これでカメラが見つかれば、事件は解決！　万々歳《ばんばんざい》だ！」

捕《と》らぬ狸《たぬき》の皮算用《かわざんよう》で、ウハウハしている沢田さんの後ろに、ソッと菊池さんが寄り添った。

「お坊ちゃま、『万々歳』は死語です」

沢田さんに、げしげしと足蹴にされる菊池さん。

「行くぞ！」

そして、沢田さんたちは店を出ていった。

残されたわたしたちは、コーヒーを飲んで、ホッと一息。

「でも、さすが沢田さんはミス研の部長だね」

恭助が、ビックリするようなことを言った。

「え、それって、沢田さんの推理があってるってこと？」

わたしが訊くと、恭助はカップを置いた。

「小型カメラを使えば、真衛門に気配を覚られることはない」

なんか、ショック。

沢田さんの推理があたってるなんて……。

「じゃあ、ぼくらも行こうか」

恭助が、立ち上がった。


どこへ行くのかと思ったら、お春ばあさんのお店。

路地では、沢田さんとミス研部員たちが、小型カメラが無いかどうか調べてる。電柱に登ったり、塀《へい》を叩いたり、ゴミ箱を覗き込んだり、忙しそうだ。

「恭助、わたしたちも電柱に登らなきゃいけないの？」

わたしの質問に答えず、恭助は山原さんに言う。

「今から、この路地を通って、家へ帰ってください」

「でも……」

山原さんは、不安そうだ。

「もう、大丈夫ですよ。事件は解決しています」

恭助の目が、大きく見開かれている。

「あとは、証拠《しょうこ》がいるだけなんです」

そう言われて、山原さんは、うなずいた。

「ああ、もう一つ。ハンカチを貸《か》してくれませんか」

ハンカチ……？　ハンカチなら、わたしも持ってるけど……。

恭助は、山原さんからハンカチを借りると、マントの隠しにしまった。

煙草屋の前を通り、ゆっくりと路地を歩いていく山原さん。

その後、恭助は、お春ばあさんのところに向かう。

「あら、恭ちゃん。また、お使いかい？」

それには答えず、恭助は訊いた。

「さっき、高校生が七人、路地に入っていっただろ。その後、誰か通った？」

「髪の長い女の子が通ったよ。ほら、まだ、そこから見えるだろ」

「その後は――？」

「恭ちゃんたちが来ただけだね」

「……ありがとう」

恭助が、わたしと真衛門さんの方を見る。

「証拠が見つかったよ」

そして、路地の方を指さす。

塀を叩きすぎて穴を開けたり、ゴミ箱をひっくり返したりしてるミス研部員の脇を、山原さんが歩いていく。

恭助が指さすのは、山原さん……じゃない。山原さんの後ろ、白い大きな犬が歩いている。

恭助は、その白い犬を指さしている。

ミス研部員たちは、誰も犬の存在に気づいていない。

「あれが、証拠だよ」

恭助が言った。


山原さんが歩いている。

その後ろを、トコトコ歩いている白い犬。

わたしと恭助、真衛門さんは、さらにその後をつける。

「お春ばあさんは、ぼんやりしてないし、嘘も言ってない」

恭助が、独り言のように呟く。

「ぼくの『誰か通った?』って質問に、ちゃんと『誰も通らなかった』と答えている。でも、実際には犬が通ってたんだ。お春ばあさんは、あの犬も見ている。でも、人間が通らなかったかと訊かれていると思ってるから、『誰も通らなかった』と答えてるんだよ」

わたしは、魚をくわえた猫を追いかけて裸足で煙草屋の前を駆けていった女の人を、思い出した。

あのときも、お春ばあさんは、女の人が通ったことは言ったけど、猫については何も言わなかった。

「お春ばあさんに、『犬の子一匹通らなかった』って言ってもらってたら、幽霊ストーカーの謎は、すぐに解けたんですけどね」

そう言う真衛門さんに、恭助は小声で、

「『猫の子一匹』だよ……」

と、訂正《ていせい》した。

わたしたちは、いつの間にか、高級住宅街に足を踏《ふ》み入れていた。

「この辺に住んでる人は、ご飯の心配をしなくてもいいんでしょうね……」

しみじみと、真衛門さんが呟く。

没落したとはいえ、ミリリットル家は貴族だ。なのに、この貧乏《びんぼう》くさい台詞が哀しい……。

一軒《けん》の家の前で、山原さんが立ち止まった。そして、玄関を開けて中へ入っていく。

犬は、それを見届けると、向きを変えて去っていった。

「じゃあ、幽霊ストーカーに会いに行こうか」

軽い口調で言ってるけど、恭助の顔は真剣だ。

夕闇《ゆうやみ》が迫ってきた街を、犬は歩いていく。

犬が歩いていく先に、一軒の洋館があった。

玄関の石段に座ってる男の人がいる。伸ばした右足に、白いギプスが巻いてある。傍《かたわ》らに、松葉杖。

あの人が、西本さん……。

犬は、西本さんに気づいて、うれしそうに駆け出していく。

わたしたちは、犬の頭を撫でている西本さんの前に立った。

西本さんが顔を上げて、わたしたちを見る。

「なんだ、きみたちは？」

それには答えず、恭助が言う。

「西本さん――ストーカーの正体は、あなたですね」

西本さんがビクッとする。

恭助は、マントの隠しから山原さんに借りたハンカチを出した。

犬が、うれしそうに寄ってくる。

「山原の匂いを追いかけるように、訓練されてるんですね」

真衛門さんが言った。

西本さんが、松葉杖を振りかざす。

「なんなんだ、おまえらは！　言いがかりをつけるのか！」

強がってるけど、西本さんの声は震えている。

「おれがストーカーだっていう証拠でもあるのか！」

恭助は、犬の頭を撫でる。

「山原さんの匂いを追いかけるように訓練された犬——」

犬の長い耳を持ち上げると、そこには小型カメラがベルトで固定されていた。

「そして、犬に付けられた小型カメラ——証拠は、十分だと思いますが」

西本さんは、もう何も言えない。

拳を握りしめ、うつむいている。

「もう、ストーカー行為《こうい》は、止《や》めますね」

恭助の言葉に、西本さんが押し殺した声で答える。

「おまえに……何がわかる！」

西本さんが顔を上げた。血走った目が、わたしたちを捉《とら》える。

「おれは、彼女のことが好きなんだ。なのに……なのに、彼女は振り向いてくれない。だから、おれは——」

「犬を使って彼女の行動を追いかけた。——あなた、バカですね」

真衛門さんが、西本さんの言葉に続けて言った。

真衛門さんは、肩をすくめて呆れている。自分の感情をコントロールできない西本さんが、真衛門さんには、小さな子どもに見えるのだろう。

「だまれ！　おまえらに、おれの気持ちがわかってたまるか！」

西本さんが、叫んだ。

それに対し、恭助と真衛門さんが答える。

「わかりたくありません。あなたのやったことは、山原さんを傷つける」

「わかるわけないでしょ、ストーカーの気持ちなんて」

真衛門さんが、西本さんに近づき、松葉杖を持った。

「わかるのは、つきまとわれて恐怖感《きょうふかん》を持った、彼女の気持ち」

真衛門さんの顔つきが変わった。

側にいたわたしは、ビクッとする。

怖い……。

真衛門さん、怒ってる……。

「あなたは、恐怖を感じたことがありますか？」

西本さんの目を、真衛門さんは覗き込んだ。

「あじわわせてあげましょう」

真衛門さんが、松葉杖を横に振った。いや、振ったように見えた。

あまりに速くて、わたしの目では、はっきりと見えない。

小型カメラを固定していたベルトが、ぷっつりと切断される。

地面に落ち、カシャンという音をたて、カメラは壊れた。

真衛門さんは、ガタガタ震えている西本さんに松葉杖を返すと、言った。

「これで足りないようなら、また来ます」

そして、わたしたちは、打ち拉《ひし》がれている西本さんに背中を向けた。

「恭助、さっき、西本に『おれの気持ちがわかってたまるか』って言われて、わかりたくないって答えましたね」

帰り道、真衛門さんが恭助に言う。

そうだった。真衛門さんは、わかるわけないって答えたけど、恭助は、わかりたくないって言った。

「わかりたくないってことは、わかるってことですよね」

恭助が、うなずく。

「西本さん、山原さんのことが好きで好きで、どうしようもなかったんだろうね。でも、山原さんに、その気持ちをうまく伝えられない。感情が強くなればなるほど、山原さんには、しつこいと思われる。……そう思うと、なんか可哀想《かわいそう》で」

真衛門さんが、恭助の頭に手をのせる。

「同情することはありません。それに、恭助は山原の気持ちもわかるんでしょ?」

また、恭助はうなずいた。

真衛門さんが、続ける。

「自分のことより、相手のことを思いやることができる。——だから、恭助はストーカーにならない。自分の行動で、誰かが迷惑《めいわく》するってわかってるから。それを、西本はわからなかった。恭助の方が大人ですよ」

そう言われても、恭助は元気がない。

そんな恭助を笑顔で見て、真衛門が背中をバンと叩く。

「では、ぼくは先に帰って夕飯を作ってます。恭助と響子は、ごゆっくり！」

ウインクを一つ残し、真衛門さんは走っていった。

「気を利《き》かしてるつもりなんだろうね……あのフランス人は」

恭助が、頭をかく。

わたしたちは、坂の上に出た。

坂の左側には、円柱形のポストがある広場。

そこから見ると、街の明かりが温かい。

わたしは、恭助に訊きたいことがいっぱいあった。

人を好きになるって、難しいことなのか。

事件を解決して、落ち込んでないか。

そして、わたしの気持ちを負担に思ってないか……。

でも、二人で手すりにもたれて街の明かりを見ていると、何も言わなくてもいいような気がした。

だから、わたしは一つだけ訊いた。

「ねぇ、恭助——」

「うん？」

「わたしが困ってたら、迷うことなく助けてくれる？」

「もちろん！」

間髪を容れず、恭助は答えた。

「恭助……」

わたしは、恭助の胸に飛び込もうとした。

すると、恭助が、

「右ストレートが怖いからね」

と言ったので、飛び込もうとした勢いのまま、右拳に全体重をのせ、まっすぐ恭助《もくひょう》をぶち抜くように打った。

空に浮かぶ三日月が、バキッという音に、顔をしかめたようだ。


警察署の取調室——。

長机の前には、沢田とミス研六人衆が座らされている。

年輩の警官が、取り調べを行っている。

「どうして、電柱に登ったり、塀を叩いて壊したり、ゴミ箱の中身をぶちまけたりしてたのかね？」

すると、ミス研六人衆は、声を揃《そろ》えて言った。

「部長の命令です！」

警官は、ミス研六人衆に指さされた沢田に向きを変えた。

「おのれ、虹北恭助！　偽の手がかりで、ぼくを罪に陥《おとし》いれるとは……」

沢田は、拳を握りしめる。

取調室の外では、沢田を釈放させようとする菊池が、警官と一悶着《もんちゃく》起こしていた。


それから数日後――。

わたしは、恭助と道を歩いている。

「恭助、後ろを振り返っちゃダメよ」

わたしに言われ、恭助がうなずく。

そう、ストーカー事件は終わった。

でも、あれ以来、恭助は沢田さんにストーカーされている。

振り返らなくても、後ろの電柱の陰から沢田さんがジッと見ているのがわかる。

「おのれ、虹北恭助……許さんぞ……」

ブツブツ言う声が聞こえてくるのが、怖い。

「ストーカーに悩まされてるって、ぼくは、誰に相談したらいいんだろう……」

そう言う恭助の腕を、わたしは取った。

「少しうっとうしいけど、人畜無害だからほっときましょう」

To Be Continued ☞

トップシークレット
High School Adventure Ⅲ

土曜日の虹北《こうほく》商店街に、夕闇が迫っていた。

相変わらず閑古鳥が繁殖《はんしょく》している虹北堂では、恭助《きょうすけ》と真衛門《しんえもん》が夕食を食べている。

今日のメニューは、食事当番の真衛門が作った、とろろ蕎麦。蕎麦好きの日系フランス人——真衛門が、日本へ来てから覚えた料理である。

二人は、居間で時代劇の再放送を見ながら、蕎麦を食べている。

真衛門は、粘《ねば》り気のあるとろろがからみついた蕎麦を、うれしそうに食べてるけど、恭助は、蕎麦に少々うんざりしている。

テレビ画面を見ながら、真衛門が訊いた。

「恭助……」

「何？」

「どうして、黄門様は、最初に印籠《いんろう》を見せないんですか？」

カランと、恭助の手から箸が落ちた。

慌てて立ち上がり、店から商店街の遊歩道を見る。

……大丈夫、誰も覗いていない。

ホッと肩の力を抜き、念のため雨戸を閉める。

居間に戻って、真衛門に説明する。

「今まで言ってなかったけど、日本には、触《ふ》れてはいけないトップシークレットがあるんだ」

微《かす》かに、恭助の声が震えている。

真衛門は、恭助の迫力にガクガクと、うなずいた。

二人は、食事を再開する。いつの間にか、テレビは、時代劇から特撮ヒーロー物に変わっていた。

画面の中で大暴《おおあば》れしている巨大ヒーローを見て、真衛門が口を開く。

「恭助……」

「何？」

「どうして、ウルトラマンは、初めからスペシウム光線を――」

真衛門は、質問を全部言うことができなかった。恭助が、慌てて彼の口を押さえたからだ。

「それも、トップシークレットなんだ」

一語一語、振り絞《しぼ》るように、恭助が言った。

また、真衛門はガクガクと、うなずいた。

気を取り直して、二人は箸を持つ。

画面では、巨大ヒーローが怪獣《かいじゅう》を倒《たお》し、飛び立っていった。短いＣＭの後、米国製スパイ活劇ドラマ『003・14《ゼロゼロ》　コードネームπ《パイ》』が始まる。

「真衛門、このドラマ、好きだったよね」

「日本で虐《しいた》げられた生活を送っているぼくの、数少ない楽しみです」

「…………」

恭助は、何も言えない。

画面に、ホテルの一室が映った。黒服に黒い帽子《ぼうし》、黒いサングラスという、全身で『自分はスパイだ！』と主張しているような男が、テーブルの上にアタッシェケースを置いた。

「この男、敵のスパイなんです。先週、重要機密のパスワードを盗み出し、逃げてるところです。πたちも、そのパスワードを手に入れようと頑張ってます」

口から蕎麦をぶら下げた真衛門が、解説する。

テレビのスピーカーから、激しいノックの音がした。黒ずくめの男は、慌てて周りを見回し、逃げ場を探す。だが、どこにも逃げ場がない。男の目が、テーブルの上の物に向けられた。

やがて、ドアが破《やぶ》られ、数人の男がなだれ込んできた。黒ずくめの男は、大人しく両手を上げる。しかし、その頬には、満足げな笑みが浮かんでいる。

場面は変わって、主人公のπと、上司のr《アール》が話している。

恭助と真衛門は、蕎麦を口に運びながらも、視線は一瞬も画面から離さない。

「敵のスパイが、パスワードを本国へ連絡する余裕はなかった」

　ｒの言葉を、ソファーに座ったπが聞いている。

「アタッシェケースの中にあったのは、黒表紙の聖書が一冊、まだ新しいトランプが一組、携帯《けいたい》ソーイングセットが一つ——以上だ」

「スパイの仲間が、アタッシェケースを奪《うば》おうとしているということは、ケースの中身に、パスワードを隠したということですね」

　πが口を開いた。声に渋《しぶ》みのある人気声優が、吹き替《か》えをしている。

「そのとおりだ」

「ケースが二重底になってるということは？」

　πの質問に、ｒが首を横に振る。

「なかった。つまり、さっき言った三つの品の中に、パスワードが隠されているはずなのだ。そこで、今回のきみへの指令だが——」

「隠されたパスワードを見つけろって言うんですね」

　うなずくｒ。肩をすくめて、πが立ち上がった。

「わかりました。まず、スパイの身辺を調べてみます。彼の性格がわかれば、どの品にパスワードを隠したか、見当がつけやすいですからね」

　πが、変装用の黒縁眼鏡をかけた。

　ｒが、諸手《もろて》を上げて称賛《しょうさん》する。

「見違えたよ！　まったく、きみの変装は見事だね！」

ずるずると蕎麦をすすっていた真衛門が、恭助に訊く。

「どうして、眼鏡をかけただけで、誰だかわからなくなるんでしょうね？」

「真衛門も、『スーパーマン』の映画を見たからわかるだろ。アメリカ人は、黒縁眼鏡をかけただけで、誰だかわからなくなってしまうんだよ」

それを聞いて、真衛門の顔から血の気がひいた。

そして、恐る恐る訊いた。

「……それは、アメリカのトップシークレットじゃないんですか？」

その瞬間、恭助の顔に、「しまった！」という表情が浮かんだ。

気のせいか、スッと蛍光灯《けいこうとう》の光が暗くなったようだ。

気温はそんなに高くないのに、恭助の頬を、冷たい汗が流れる。

そのとき、店の方からドンドンと雨戸を叩く音がした。恭助は驚いて飛び上がり、真衛門は割り箸を両手に構える。

雨戸の向こうから、

「速達で～す」

との声がした。

二人は、長い溜息をついて、畳に座り込んだ。

互いに顔を見合わせ、力無く微笑む。

真衛門が、額の汗を拭いて、恭助に訊いた。

「もし、トップシークレットに触れてしまったら、どうなるんですか？」

「教えてもいいけど、後悔しない？」

「……やっぱり、やめときます」

「賢明《けんめい》だね」

そんな人間の様子を、黒猫のナイトが、呆れて見ている。

恭助は、郵便物を取ってくると、真衛門に渡した。縁に青と赤のラインが入った、エアメールだ。

中の手紙を読んでいた真衛門の顔が、次第に暗くなっていく。

「どうしたの？」

蕎麦の残りを片づけながら、恭助が訊いた。

「言ってもいいですが……後悔しませんか？」

暗く重い、真衛門の声。

「じゃあ、聞かない」

「イヤでも聞いてもらいます！」

真衛門が、恭助の両肩をつかんで、言う。

「明日、美絵留《みえる》が日本に来ます」

その言葉を聞いた恭助の手から、丼《どんぶり》が畳に落ちた。

空港の到着ロビーで、わたし——野村響子《のむらきょうこ》と恭助、真衛門さんの三人は、美絵留を待っている。

真衛門さんの表情は、複雑だ。

妹の美絵留に会えるという喜びと、美絵留に会うのか……という不安が、顔に出ている。

わたしは、励まそうと思って、真衛門さんの肩を叩いた。

「大丈夫よ、真衛門さん。美絵留だって、大人になってるわよ」

でも、

「本気で、そう思ってますか？」

と、訊き返されると、

「思ってるわけないでしょ！」

即座に答えてしまった。（わたしって、嘘をつけない性格……）

ますます、真衛門さんの表情が複雑になった。

ミリリットル美絵留——真衛門さんの、十四歳になる妹だ。

一年半前、フランスへ行ったとき、わたしは真衛門さんや美絵留に会った。ミリリットル家に居候してた恭助にも会った。

真衛門さんは、三人兄弟の長男。妹が美絵留で、その下に弟がいる。

あまり長い滞在《たいざい》ではなかったが、わたしは美絵留と仲良くしようと努力した。しかし、日本とフランスの友好関係を築《きず》くのは、なかなか難しいことだけがわかった。

つかみ合いのケンカになったことも、一度や二度じゃない……。

あの美絵留が来るのか……。

昔のことを思い出したわたしの顔にも、真衛門さんみたいに縦線が下りる。

そのとき、到着ゲートから、爽《さわ》やかな風が吹いてきた。

人混みの中でも、一際目立つ、羽を広げた白い蝶《ちょう》のような女の子——美絵留だ。

大きなスーツケースを両手で持った美絵留。白いドレスと、大きなリボンがついたつばの広い帽子から、金色の髪があふれている。

「美絵留!」

抱きしめようと駆け出した真衛門さんの脇を軽やかに通り抜け、

「会いたかったですわ、恭助!」

恭助に抱きつき、激しくキスをする美絵留。

美絵留は、小柄な恭助より五センチほど背が高い。あと、認めたくないけど、わたしよりプロポーションも良い。

わたしは、美絵留の首筋を持って、恭助から引き剝《は》がした。

「あんた、公衆の面前で、なんてことしてるの!」

こういうことは、最初が肝心《かんじん》。ここが日本だってことを、ピシッと教えてあげなきゃ。

「あら、響子、いたんですの? あまりにも存在感がないので、目に入りませんでしたわ」

この瞬間、ブチッという音がした。どうやら、わたしの堪忍袋《かんにんぶくろ》の緒《お》が切れた音のようだ。

真衛門さんが、慌てて、わたしを羽交《はが》い締《じ》めにする。

ジタバタするわたしの目の前で、高らかに笑う美絵留。

変わってない……。わたしは、美絵留の、あまりの成長の無さに戦慄《せんりつ》を覚えた。

登場してからわずか数秒で、恭助へのキスという自分のやりたいことをやり、わたしへ忘れず宣戦《せんせん》布告する——美絵留は、美絵留のままだ……。


騒いでるわたしたちの周りに、人が集まりだしたので、取りあえず喫茶ルームへ避難《ひなん》する。


「日本の方は、フランス人が珍しいんでしょうか……?」

物静かにコーヒーを飲む美絵留。そうやってると、ガラスケースの中のフランス人形が命を持って動いてるようでかわいいんだけどね……。

「フランス人とか、日本人とか関係ないのよ! 恥知《はじ》らずな小娘《こむすめ》がロビーで騒いでるから、みんなは何事かって見てるだけ!」

口調に悪意をいっぱい込めて、わたしが言った。ついでに、ストローの先から、ミルクシェーキをピュッと吹く。

「日本人は、好奇心旺盛《おうせい》ですわ」

わたしの悪口とミルクシェーキを、あっさりかわし、美絵留はコーヒーを飲む。

「で、おまえは何をしに日本へ来たんだ?」

真衛門さんの質問に、美絵留が頬を赤らめる。

「恭助の花嫁《はなよめ》になりにきたんです」

それを聞いて、恭助がコーヒーを吹き出した。

「——と言いたいところですが、今回は、なかなかお城探しをしないお兄さまの、お手伝いをしにきたのです」

ホッと胸をなで下ろす恭助。これぐらいで平常心を無くすなんて、情けない奴。

わたしは、真衛門さんに訊いた。

「真衛門さんって、日本へお城探しに来たんだっけ？」

重々しくうなずく真衛門さん。

昔は名門貴族だったミリリットル家も、今ではすっかり没落貴族。もう一度、新天地で頑張ろうと考えたミリリットル家の当主は、新天地に日本を選んだ。

なぜ日本かって？　——ミリリットル家の祖先には、日本人の血が流れているの。だから、ミリリットル家の人たちは、小さい頃から日本語を教えられているし、日本が好きだ。

銀色の髪に銀色の目と高い鼻——どこから見ても外国人の真衛門さんが、流暢《りゅうちょう》に日本語を話すのは、見てると、ちょっと不思議な気分になる。

ちなみに、真衛門は、日本人に日本語で、

「ちょっと、すみません」

と話しかけても、

「I can't speak English!」

と、逃げられることが多い。

話を、喫茶ルームに戻そう。

腕組みをした深刻《しんこく》な顔の真衛門さんが言う。

「ぼくも、遊んでるわけじゃないんだよ」

それを聞いて、恭助が不思議そうな顔をしている。きっと、真衛門さんの日常生活を思い浮かべてるんだろう。

わたしも、真似をする。

真っ先に浮かんでくるのは、蕎麦を食べてる真衛門さん。

続いて、テレビの時代劇に見入ってる真衛門さん。

他には、居間でゴロゴロしてる真衛門さん。

……ダメだ。遊んでるようにしか見えない。

わたしは、話題を変える。

「美絵留、ホテルはどこなの？」

「ホテルなんか、予約してません。今夜からは、恭助のところに泊《と》まります」

そう言って、恭助に抱きつく美絵留。恭助の顔色は、真っ青だ。

わたしは、テーブルをバンと叩いて言う。

「絶対、ダメ！」

「どうしてです？」

不思議そうな顔の美絵留に、わたしは滔々と説明する。

「昔から、日本には『男女七歳にして席を同じゅうせず』という言葉があるの、これは、七歳になったら、けじめをつけてみだりに馴《な》れ馴《な》れしくしないって意味なのよ。美絵留、あんたは十四歳でしょ。七歳の倍じゃない！　ちなみに、これは儒教《じゅきょう》の経典『礼記《らいき》』の格言なのよ。それから、ここで言う『席』とは、椅子のことじゃなくて『むしろ』のことね。昔は、むしろを布団《ふとん》のようにつかってたの。そこから、同じむしろで――」

……聞いてない。美絵留は、わたしの言葉を、まったく聞いてない。

優雅に小指を立てて、コーヒーを飲んでいる。そして、わたしの言葉が途切れるのを待って、一言だけ言った。

「つまり、恭助のところに泊まってはいけないって言いたいんですね」

「そのとおり！」

「だったら、響子の家に泊めてください」

「なんで、わたしん家《ち》に泊めなきゃいけないの！」

「じゃあ、やっぱり恭助の家に泊まります」

う〜……。

思わず、唸《うな》り声が口からもれてしまう。

「没落したとはいえ、ミリリットル家は貴族じゃない！　ホテルに泊まるくらいのお金はあるでしょ！」

「無駄遣《づか》いは、固く禁じられています」

う〜……。

迷いに迷ったすえ、わたしは引き受けることにした。美絵留を野に放すより、監視できる場所に置いた方がいいような気がしたからだ。それに、「人手が足りん！」と騒いでいるお父さんも、喜ぶかもしれない。（わたしの家は、虹北商店街でケーキ屋さんを営《いとな》んでいる）

わたしは、大きく息を吸い、腕組みをして言った。

「仕方ないわね。しばらくは泊めてあげるけど、ちゃんと家の手伝いをするのよ」

にっこり微笑む美絵留。

本当に、笑顔は可愛いんだけどね……。


空港からのタクシー。

真衛門さんは、助手席。わたしと美絵留は、後部座席の真ん中に恭助を挟《はさ》んで、座っている。

美絵留は、窓から見える日本の風景を、一生懸命見ている。こういう無邪気《むじゃき》な様子を見ると、まだまだ十四歳なんだなって思う。

「恭助、あそこに見えるお城は、なんていう王様が住んでるんですか？」

郊外の白いモーテルを指さし、無邪気に訊く美絵留。

「何言ってんの、あれはモー――」

説明しようとしたわたしの口は、恭助の手でふさがれた。

わたしの目を見て、恭助が真剣な顔をする。

「響子ちゃん。日本には、触れてはいけないトップシークレットがあるんだよ」

よくわからないけど、わたしは恭助の迫力に、ガクガクとうなずいた。


こうして、美絵留を迎《むか》えた日常が始まった。

没落したとはいえ、貴族育ちの美絵留に、お店の手伝いができるかどうか不安だったけど、なんの心配もなかった。

リスのように、くるくると店内を動き回り、手際よく働いている美絵留を見て、お父さんが感心したように言った。

「たいしたもんだ。響子の数倍、役に立つ」

……お父さんは、知らない。その言葉が、実の娘を、どれだけ傷つけたかを。

また、お客さんの数も増えた。

主に、青い瞳《ひとみ》と金髪目当ての若い男性客だが、それでも売り上げは、前年比二・七倍。

「美絵留は、ちゃんと働いてますか？」

心配して見に来た真衛門さんに、お父さんは言った。

「本当にたいしたもんだ。このまま、日本に住んで、うちの跡取《あとと》りになってほしいくらいだ」

……お父さんは、知らない。その言葉で、実の娘が、家出しようかなって思ったことを。調子にのったお父さんは、増えた男性客を逃がさないために、『男のケーキ』を開発した。このケーキがどんな味だったかは、書かない。ただ、そのケーキを店に出す前に、廃棄《はいき》することができたのは、我が家にとって今年最高の幸せだった。

とにかく、美絵留が来たおかげで、我が家は商売繁盛《はんじょう》！

そりゃ、わたしだって、美絵留がそんなに悪い娘《こ》じゃないってことはわかってる。問題は、露骨《ろこつ》に恭助へチョッカイ出すってことだけだ。

ふー……。

で、商売繁盛に喜んだお父さんは、バイト代以外に、特別ボーナスを出すことにした。わたしは、自分がもらったことがない『特別賞与』と書かれた封筒を、うれしそうにもらってる美絵留を見て、複雑な気分だった。

ふー……。


美絵留が来て、三日が過ぎた。

放課後の高校。

狭い校庭では、場所を奪い合うようにして、クラブ活動が行われている。

外野フライを避《よ》けながらランニングする陸上部。なぜか、女子テニス部のコートの周りばかりランニングする男子柔道部。吹奏楽部の音に負けて校庭に出てきた落語研究会。

風に弱い卓球部とバドミントン部は、校庭に姿が見えない。

珍しそうにクラブ活動の様子を見ている美絵留と、その後をついてくる真衛門と恭助。

背が高く銀髪の真衛門とフランス人形みたいな美絵留、そしてマント姿の恭助は、学園生活の風景から、完璧《かんぺき》に浮いている。

「でも、悪いね。せっかくのボーナスで、おごってもらうの」

周りの視線を全く気にせず、恭助が言った。

「気にしないでください。今日は、響子とバーゲンへ行ってから、豪華においしい物を食べる予定ですから。荷物持ちのほう、よろしくお願いします」

美絵留が振り向くと、裾がゆったりしたスカートが、ふわりとひるがえる。

校庭にいる高校生たちが、青い瞳の美絵留にチラチラと視線を送っている。

真衛門が、恭助の方を見ないで訊いてくる。

「恭助……」

「何？」

「『ボーナス』って日本語、ぼくは知りませんでしたよ」

「美絵留の場合、『(食費＋宿泊費)∧労働力』という式が成り立つんだよ」

「ぼくは？」

「『(食費＋宿泊費)∨労働力×五』という式が成り立つ」

「……日本の資本主義は厳しいですね」

「そうだね」

そのとき、沢田京《さわだきょう》太郎《たろう》が木陰《こかげ》からスッと現れた。スポーツで爽やかに汗を流していた女生徒が、スッと沢田から離れる。

スタイルもいい。顔もいい。ファッションにも、気をつけている。おまけに、家は大金持ち。なのに、なぜ沢田がもてないか？

それは、性格が悪いからである。

沢田は、胸に挿していたバラを抜くと、美絵留に手渡した。

「マドモアゼル、このバラは美しいあなたにこそふさわしい」

沢田の後ろには、プレゼントの山を抱えた執事の菊池《きくち》が控《ひか》えている。

「よろしければ、ディネにご招待したいんですが」

美絵留の手を、そっと両手で包んで沢田が言った。

恭助が答える。

「せっかくですが、この後、予定があるんです」

美絵留に向けていた沢田の笑顔が、途端に厳しい顔に変わる。真衛門は、テレビの深夜映画で見た『大魔神《だいまじん》』を思い出した。

「きみたちを誘《さそ》ってないだろ、恭助君！　だいたい、校内は関係者以外立入禁止だよ！」

生徒会長の威厳《いげん》を持って言う沢田。

美絵留も関係者じゃないんだけど……。恭助と真衛門は、そう言おうとしたのだが、すでに沢田は恭助たちを相手にしていない。

「まったく、あのような無粋《ぶすい》な奴らは、日本の恥です」

シッシッと、恭助たちを手で追い払《はら》う沢田。

そんな沢田に、美絵留が言う。

「兄なんですが……」

その言葉を聞いた沢田の反応は、速かった。

真衛門に近づくと、手を取り名刺を渡す。

「お兄さまと呼ばせてください」

その変わり身の速さは、誰が見ても日本の恥だと思う態度だった。

そのとき、胴《どう》をつけて竹刀《しない》を持った剣道部員がランニングしてきた。

剣道部は、学内で最も硬派《こうは》なクラブである。他のクラブは、剣道部に道を空《あ》けている。

先頭を走っている主将が、真衛門を見つけた。

「あー、きさまは、いつかの外国人！」

文化祭のとき、剣道部が主催した風船割りゲームに、真衛門は参加した。そのとき、真衛門は主将と対決した。結果は、真衛門が主将の竹刀を切断し、勝ってカップ蕎麦十二個入り三箱を手に入れた。

「とうとう見つけたぞ」

主将が、竹刀を構える。

がっしりした一八〇センチを越える体に、殺気がみなぎる。

「ぼくは、外国人ではなく、フランス人なんですけどね……」

困ったように頭をかいている真衛門。

美絵留が、訊いた。

「お兄さまの、お知り合いの方ですか？」

「うん。カップ蕎麦をたくさんくれる、気前のいい人だよ」

主将は、のんびりした真衛門の言葉にかまわず、竹刀を振り被る。

「ここで会ったが百年目！　文化祭の決着をつけてやる！」

主将の後ろで、さりげなく『「ここで会ったが百年目」は死語です』のプラカードを出す菊池。

沢田が、美絵留の前にスッと出た。本来なら、真衛門の前にスッと出なければいけないのだが、この行動に、真衛門などどうなってもよいという気持ちが表れている。

目《め》一杯《いっぱい》ポーズを決め、沢田が主将に人差し指を突きつける。

「校内での私闘《しとう》が禁じられていることぐらい、剣道部主将のきみなら、知っているだろう！」

主将が、沢田に目を転じる。

「なんなら、きさまが相手になるか？」

主将に睨まれ、ポーズを決めたまま、沢田が真衛門の後ろに隠れた。

美絵留が、首を捻《ひね》って真衛門に訊く。

「お兄さま、あの方に恨まれるようなこと、したんですの？」

「覚えがないな……」

真衛門も、首を捻る。

主将は、一人盛り上がっていく。

「いざ、尋常《じんじょう》に勝負！　まいられぃ！」

美絵留は、主将の言葉に首を捻っている。いや、美絵留だけじゃない。主将と真衛門を取り巻いてる人垣の中でも、何人かは、首を捻っている。

「お兄さま、あの方の日本語が、よくわからないんですけど……」

「それは、美絵留が日本の時代劇を見てないからだよ。——さぁ、響子を探そう」

真衛門が、主将に背を向ける。

「待てぃ！」

主将は、美絵留を羽交い締めにした。

「この娘が、どうなってもいいのか！」

その様子を見て、真衛門の陰に隠れている沢田が、拳を握りしめる。

「なんて卑怯《ひきょう》な奴なんだ……。男なら、人質など取らず、正々堂々と勝負したらどうなんだ！」

そう言う沢田も、真衛門の陰に隠れず、正々堂々と主張したらどうなんだと、恭助は思った。

真衛門の顔に、怯えの表情が浮かんだ。

「やめろ！」

主将は、真衛門の焦った声を聞き、ニヤリと笑った。

しかし――、

「やめるんだ、美絵留！」

主将の顔が、えっ？　というふうに、変わった。

同時に、美絵留の顔つきも変わった。

羽交い締めにしている主将の右手首に、自分の両手をかぶせて、関節を固める。

まるで風のように、美絵留の体が動く。

美絵留が、右足を後ろに払った。

右手首を支点に、主将の体がフワリと宙《ちゅう》で一回転した。仰向《あおむ》けに浮いた主将の首筋に、右膝《みぎひざ》を叩き込む美絵留。

そのまま、足を伸ばし、腰に爪先《つまさき》の一撃。

宙に跳ね上がり、地面に背中から落ちた主将の胴に、美絵留が正拳《せいけん》を打ち込んだ。防具に、ピシッと亀裂《きれつ》が入る。

関節を固めてから正拳突きまで、二秒もかかっていない。

周りの者は、何事もなかったかのように服の埃《ほこり》を払う美絵留を見ている。

美絵留の表情が、元に戻った。

そして、恭助に抱きつくと悲鳴をあげた。

「怖かったです、恭助！」

その様子を見て、真衛門がボソリと呟く。

「ぼくは、おまえが怖い……」


「そう。そんなことがあったの……」

昇降口で恭助たちに会ったわたしは、美絵留の武勇伝を聞いた。

剣道部の主将も、修業が足りないわ。敵の力量がわからないなんて、格闘家としては、失格よ。（もっとも、美絵留を見て、野生の獣《けもの》より恐ろしいってことがわかる人間なんて、そうそういないだろうけどね……）

「ぼくが、もう少し気を付けていれば、美絵留君を危険な目にあわさなかったんだけどね」

前髪を掻き上げる沢田さん。

この人の言うことは、無視してもいいだろう。

「恭助が、守ってくれたんですわ」

事実とまったく違うことを言って、恭助に抱きつく美絵留。恭助は、ブルンブルンと首を横に振っている。

まぁ、美絵留の言うことも無視した方がいいだろう……。でも、わたしの手は、わたしの意思に反して、ボクシングのグローブをはめ始める。

真衛門さんが、わたしと美絵留の間にサッと割って入ってきた。

「とにかく、早く買い物に行って、豪華な食事をしましょう」

……真衛門さんのおかげで、日仏大決戦は回避《かいひ》された。

「やっぱり、食事は、みんなで仲良く食べないと、おいしくありませんよね」

わたしと美絵留の肩を抱いて、真衛門さんが場を去ろうとする。それを、沢田さんが止めた。

「待ちたまえ、恭助君！　生徒会長としては、本校の学生を倒されたまま、きみたちを帰すわけにはいかない！」

ここで確認しておくが、剣道部主将を倒したのは、恭助ではなく美絵留だ。しかし、〝恭助憎し〟で目が曇ってる沢田さんにとっては、どうでもいいことなんだろう。

「生徒会長として、ぼくには生徒を守る義務がある」

大見得《おおみえ》を切る沢田さん。

いつの間にか、沢田さんの背後にはミステリ研究会の六人衆が集まってきている。

どの顔にも、『うんざり』って書いてある。

コソコソ囁きあうミス研六人衆。

「生徒会長っても、名前だけなんだけどね……」

「お金の力で票を集めたんだから」

「人望は、お金では集まらないよね……」

そんなミス研六人衆に、沢田さんが噛《か》みつく。

「きさまらが、そういう噂を流すから、ますますぼくの人望が無くなるんだ！」

ワヤワヤと逃げるミス研六人衆。

沢田さんは、乱れた前髪を櫛で直して、恭助に言った。

「良い機会だ。ぼくときみの推理勝負にも、決着をつけようじゃないか！」

恭助を指さし、ポーズを決める沢田さん。

その背後に集まってくるミス研六人衆。

「まだ勝負がついてないと思ってるんだよ」

「ある意味、幸せな人間だね」

「また恥をかくだけなのに……」

沢田さんは、振り向きざま、一撃でミス研六人衆を倒した。（強いじゃない……）

「勝負だ、恭助君！」

気合いが入っている沢田さんに対し、恭助はうんざりした顔をしている。


わたしたちは、ミス研の部室に案内された。

「ルールを説明しよう」

壁《かべ》にもたれた沢田さんが、話し始める。

「我がミス研は、前部長が金庫と暗号を残すのが伝統になっている」

沢田さんが指さす方には、15インチテレビくらいの大きさの金庫が置かれていた。扉《とびら》には、銀色のダイヤルとレバーがついている。

「金庫の中には、新年度の部費が入っている。金庫を開けるには、暗号を解かなくてはならない。そして、暗号を解くのは、新しい部長の仕事なのだよ」

ミス研六人衆が、沢田さんの後ろでコソコソ話をしている。

「先代の部長も、もう少し考えてほしいよな」

「沢田部長のレベルで解けるような暗号にしてほしいよ」

「先代部長は変わった人だったからな……」

ミス研六人衆が、壁に掛かった歴代部長の写真を見上げる。

わたしも、先代部長の写真を見た。

顔の上半分を隠すくらいの、大きく分厚い眼鏡。爆発《ばくはつ》現場から脱出してきたような、ボサボサ頭。そして、手にはピンセットを持っている。ピンセットで何かをつまんでるみたいなんだけど、わたしの視力じゃ見えない。

「あれは、折り鶴《づる》ですよ」

六人衆の一人が、わたしに教えてくれた。

そして、みんなで、うなずきあっている。

「一センチ四方の紙で千羽鶴を折ったり、米粒《こめつぶ》で人形を作ったり……」

「とにかく、明るい性格の人じゃなかったのは、確かだ」

「いや、妙に明るかったぞ。駄洒落《だじゃれ》が好きで、とても寒い駄洒落を言って、雰囲気を凍《こお》らせてたじゃないか」

「どっちかっていうと、人格に問題があったよな」

その言葉に、ミス研六人衆は、手をポンと打ち納得する。

「そうか、人格に問題がなきゃ、ミス研の部長にはなれないんだ！」

ミス研六人衆は、執事の菊池さんからプラカードを借りると、『あなたが部長だ！』『沢田部長、素敵！』と書いて、沢田さんを讃《たた》える。

沢田さんは、

「妙な納得の仕方をするんじゃない！」

って怒ってるけど、沢田さんを見てると、やっぱり普通の人格じゃ部長になれないんじゃないかって思わせる。

沢田さんを讃えるのに厭《あ》きたミス研六人衆は、またコソコソ話し始める。

「とにかく、早く金庫を開けないと、部費が無いのよね」

「部長に推理力があったら、すぐに部費が手に入るのに……」

「金の力で部長になった人だからな……」

沢田さんは、コソコソ話を無視してるけど、こめかみの血管がピクピク動いてる。

菊池さんが、こっそり近づいてきて言った。

「お坊ちゃま、お金のことなら、この菊池にお任せください」

沢田さんの血管が、ブチッと切れる音がした。

「きさまがそんなんだから、ぼくは何でも金で解決する男だと思われるんだ！」

「ああ～、お許しください！　お坊ちゃま！」

沢田さんに足蹴《あしげ》にされながら、菊池さんが叫ぶ。でも、けっこう楽しそうな菊池さん。

乱れた髪を直し、沢田さんは息を整えた。

そして、ポケットから、布包みを出す。絹製《きぬせい》の上等の布は、袱紗《ふくさ》と言われるものだ。袱紗をほどくと、中から小さな額縁《がくぶち》に入れられた米粒が出てきた。

「これが、先代部長からのメッセージだ！」

わたしたちは、沢田さんの掌《てのひら》を覗き込む。

なんか汚い米粒が載ってるだけ。どうして、これがメッセージなの……？

沢田さんが、黙って虫眼鏡を貸してくれる。

虫眼鏡を使って米粒を見ると、汚れだと思っていたのは、米粒の表面に書かれた小さな文字だった。

金庫の開け方は紙に書いておいた

「…………」

言葉が無い。米粒一個に、こんなにたくさんの文字を書くなんて……。

「そんなに驚くことじゃないよ。達人なら、米粒一個に三十二文字くらいを、平気で書くっていうから」

恭助が、あっさり言うけど、わたしだったら一文字も書けない。

「布の方には、何かメッセージは書かれてないんですか？」

沢田さんから受け取った袱紗を、恭助が広げる。そこには、普通の大きさの文字で、

　この袱紗は無駄なので、捨ててください

と書かれていた。

「そして、これが、先代部長が残していった暗号だ。きみに、この暗号が解けるかな？」

沢田さんが、封筒に入ったレポート用紙の束を見せる。

また、背後でミス研六人衆がコソコソ話し合っている。

「考えてみたら、この勝負、部長に得だよな」

「勝負に勝って暗号を解けば、部費が手に入るし――」

「恭助さんが勝っても、部費が手に入る……」

「抜け目の無い人だ」

「うん、それだけは尊敬《そんけい》できる！」

再び、『さすが沢田部長！』『越後屋《えちごや》も真っ青！』のプラカードを持って、沢田さんを讃えるミス研六人衆。振りまかれる紙吹雪《かみふぶき》が、すごくうっとうしい。

恭助は、沢田さんから受け取ったレポート用紙に目を通す。

わたしや真衛門さんも、横から覗き込む。

ワープロで打たれた文章。一枚目の上部に、『左手に告げるなかれ』。その下に、感想文のようなものが書かれている。

恭助が、一枚めくる。二枚目には、『Twelve Y. O.』と、その感想。

三枚目は、『八月のマルクス』——。

四枚目には『13階段』——。

五枚目には『浅草エノケン一座の嵐《あらし》』。その後は、『ぼくらの時代』『脳男』『アルキメデスは手を汚さない』と続いている。

そして、四十八枚目は『伯林《ベルリン》——一八八八年』、最後の四十九枚目は、『五十万年の死角』。

なんなの、これ……？

「どうやら、歴代の江戸川乱歩賞《えどがわらんぽしょう》受賞作の感想が書いてあるようだね」

首を捻ってるわたしに、恭助が教えてくれた。

江戸川乱歩賞——あまり本を読まないわたしでも、聞いたことがある。確か、江戸川乱歩っていうすごい推理作家が寄付したお金で創《つく》られた賞だ。

わたしの好きな、あの作家も、乱歩賞受賞作家だ。

恭助が、沢田さんに訊く。

「これが、暗号なんですか……？　ざっとしか見てませんけど、歴代の乱歩賞受賞作の感想を、レポートにしてあるだけのような気がしますが」

するると、沢田さんはニヤリと笑った。

「これは、暗号なのだよ。さっき、先代部長が書いた米粒の文字を見ただろ。このレポートに、金庫を開ける方法が書いてあるんだ」

自信たっぷりに言う沢田さん。知らない人が聞いたら、沢田さんはすでに暗号を解いていて、恭助に勝ち誇《ほこ》っているように思えるだろう。

ミス研六人衆が、恭助にスリ寄ってきた。

「頼みますよぉ～、恭助さん」

「沢田部長は、あてにならないですから」

「金庫が開かないと、ぼくらは部費稼ぎのバイトをしなきゃいけないんです」

「優雅に、夏期合宿に行きたいんですよぉ～」

また、沢田さんの血管がブチッと切れる音がした。

「おまえらもミス研なら、部長のぼくを信頼せんかい！」

そして、恭助に言う。

「そのレポートは、持っていきたまえ。ぼくは、コピーを持ってるからね。暗号を解く期限は、明後日《あさって》までどうだい？」

今度は、美絵留が恭助に抱きついた。

「それだけあれば十分ですわ。恭助に解けない謎はないんですから。――ねっ、恭助！」

その美絵留の態度に、今度は、わたしのこめかみでブチッという音がした。

気がつくと、わたしは沢田さんの腕を取っていた。

「わかったわ。美絵留は、恭助のアシスタントをしなさいよ。わたしは、沢田さんを手伝うから！」

そして、恭助に人差し指をビシッと向ける。

「明後日が、楽しみね！」

わたしに睨まれて、うろたえる恭助は何か言いたそうだけど、知ったこっちゃない！

沢田さんからレポートのコピーを奪い取り、わたしはみんなに背を向けた。

「豪華な食事は、どうなったんですか……」

真衛門さんの悲愴《ひそう》な声と、

「『武士は食わねど高楊枝《たかようじ》』という言葉があります」

という菊池さんの声。

すかさず、『それは死語です！』のプラカードを振り回すミス研六人衆。

しかし、何よりも、恭助に抱きついたまま、わたしにアッカンベェ～をしている美絵留の姿が、目に焼き付いて消えなかった。

家に帰ると、わたしは部屋にこもった。
ときどき、階下から、
「おーい、響子！　店を手伝ってくれ！」
っていうお父さんの声がするけど、無視。
鉢巻《はちま》きをして、沢田さんから奪い取ってきたレポート用紙を机に広げる。
一枚目——『左手に告げるなかれ』から、読み始める。

第四十二回受賞作の『左手に告げるなかれ』は、とても推理小説らしい物語である。
謎があり、それを——

でも、気がつくと、目が文字を追っているだけで、内容が頭に入ってきてない。
恭助に抱きついてる美絵留の姿が、ちらちらする。
そして、美絵留に抱きつかれて喜んでる恭助。（あれ……？　喜んでなかったかな？）
ダメだ、ダメだ。わたしは、頭を振って、美絵留と恭助を追い出す。
レポート用紙に集中しなくちゃ。
とりあえず、二枚目に進もう。
二枚目は、『Twelve Y. O.』。

『Twelve Y. O.』は、第四十四回の受賞作。とてもスピード感のある物語で――

一生懸命に、内容を頭に入れようとするのだが、アッカンベェ〜をした美絵留が、ちらちら浮かんできて邪魔《じゃま》をする。

こうなったら、絶対に暗号を解いて、美絵留の鼻をあかしてやるんだから！

すると、今度は沢田さんと菊池さんが、頭の中に現れてきた。

バラの花を手に目を細めた沢田さんが言う。

「ぼくへの愛のために、なんて健気《けなげ》なんだ……」

その後ろでは、菊池さんが『「鼻をあかす」は、死語ですよ』と書かれたプラカードを持っている。

わたしは、左アッパーで、二人を吹っ飛ばした。


相変わらず、客が少ない虹北堂――。

恭助は、店番をしながら本を読んでいる。

割烹着に姉さんかぶりの真衛門が、店の本にハタキをかけている。

真衛門は、掃除の手を休めて、恭助に訊いた。

「暗号を、解かないんですか？」

本から顔を上げる恭助。細い目が、真衛門を見る。

「江戸川乱歩賞については、知ってる？」

「詳しくは知りません。すごい推理小説の賞だってことぐらいですね」

恭助が、一枚の紙を真衛門に見せた。

「これは、歴代の受賞作と、沢田さんに渡してもらったレポートのページを対応させたリストだよ」

真衛門は、しばらくリストを見てから、言った。

「恭助は、ここに書いてある本、全部読んでいるんですか？」

うなずく恭助。

「読みたかったら、ぼくの部屋に全部置いてあるから、いつでも貸してあげるよ」

曖昧な微笑みを浮かべる真衛門。また、リストに目を戻す。

次の瞬間、真衛門の目が大きく見開かれた。

「恭助……。手がかりを見つけました！」

その声が、震えている。リストの最初を指さして、興奮した声で言う。

「ここを見てください。第一回と二回の受賞作が書いてないでしょ。どうして、先代部長は、その二つの作品について感想を書かなかったか？　――ここに、暗号を解く手がかりがあるんですよ！」

恭助は、真衛門をなだめて言う。

「乱歩賞が、公募による長編推理小説新人賞に変わったのは、第三回からなんだ」

リスト①

回数	作品名	著者	レポートのページ数
第3回	『猫は知っていた』	仁木悦子	P.10
第4回	『濡れた心』	多岐川恭	P.18
第5回	『危険な関係』	新章文子	P.26
第7回	『枯草の根』	陳舜臣	P.32
第8回	『大いなる幻影』	戸川昌子	P.41
〃	『華やかな死体』	佐賀潜	P.17
第9回	『孤独なアスファルト』	藤村正太	P.46
第10回	『蟻の木の下で』	西東登	P.33
第11回	『天使の傷痕』	西村京太郎	P.11
第12回	『殺人の棋譜』	斎藤栄	P.40
第13回	『伯林 ―一八八八年』	海渡英祐	P.48
第15回	『高層の死角』	森村誠一	P.37
第16回	『殺意の演奏』	大谷羊太郎	P.15
第18回	『仮面法廷』	和久峻三	P.19
第19回	『アルキメデスは手を汚さない』	小峰元	P.8
第20回	『暗黒告知』	小林久三	P.23
第21回	『蝶たちは今…』	日下圭介	P.28
第22回	『五十万年の死角』	伴野朗	P.49
第23回	『透明な季節』	梶龍雄	P.24
〃	『時をきざむ潮』	藤本泉	P.30
第24回	『ぼくらの時代』	栗本薫	P.6
第25回	『プラハからの道化たち』	高柳芳夫	P.38
第26回	『猿丸幻視行』	井沢元彦	P.34
第27回	『原子炉の蟹』	長井彬	P.9
第28回	『黄金流砂』	中津文彦	P.13
〃	『焦茶色のパステル』	岡嶋二人	P.45

第29回 『写楽殺人事件』 高橋克彦 P.25
第30回 『天女の末裔』 鳥井加南子 P.42
第31回 『モーツァルトは子守唄を歌わない』 森雅裕 P.16
〃 『放課後』 東野圭吾 P.39
第32回 『花園の迷宮』 山崎洋子 P.20
第33回 『風のターン・ロード』 石井敏弘 P.27
第34回 『白色の残像』 坂本光一 P.12
第35回 『浅草エノケン一座の嵐』 長坂秀佳 P.5
第36回 『剣の道殺人事件』鳥羽亮 P.36
〃 『フェニックスの弔鐘』 阿部陽一 P.44
第37回 『ナイト・ダンサー』 鳴海章 P.35
〃 『連鎖』 真保裕一 P.47
第38回 『白く長い廊下』 川田弥一郎 P.29
第39回 『顔に降りかかる雨』 桐野夏生 P.43
第40回 『検察捜査』 中嶋博行 P.21
第41回 『テロリストのパラソル』 藤原伊織 P.31
第42回 『左手に告げるなかれ』 渡辺容子 P.1
第43回 『破線のマリス』 野沢尚 P.22
第44回 『果つる底なき』 池井戸潤 P.14
〃 『Twelve Y. O.』 福井晴敏 P.2
第45回 『八月のマルクス』 新野剛志 P.3
第46回 『脳男』 首藤瓜於 P.7
第47回 『13階段』 高野和明 P.4

「そうなんですか……」

真衛門の肩が、がっくり落ちた。

今度は、沢田から預かってきたレポート用紙の束を見る。

「このレポートは、読んだんですか？」

また、うなずく恭助。

「さすがに、ミス研の部長をしていただけあるね。とてもよく書けてると思うよ。前に読んでおもしろくないって思ってた本を、このレポートを読んで、読み直してみようかなって思ったくらいさ」

「文章の中に、暗号の手がかりは無かったんですか？」

その質問には、恭助は微笑んだまま答えない。細い目が、ますます細くなって、昼寝をしている猫のようだ。

真衛門は、一枚ずつリストを見る。明かりにすかしたり匂いをかいだり——。そして、ボソリと呟いた。

「どうして、受賞順にレポートを書かなかったんでしょう……？」

「そこに、ヒントがあるんだよ」

一瞬——一瞬だけだが、恭助の目が大きく見開かれた。輝《かがや》く宝石のような目が、真衛門を見る。

真衛門は、息を呑む。

恭助の目が、元に戻った。そして、独り言のように呟く。

「この勝負は、アンフェアだよ」

真衛門に、レポート用紙の束を渡す。

「響子ちゃんが持ってるコピーでは、この暗号は解けない。ここにあるオリジナルのレポート用紙じゃないとね」

そう言って、恭助は、読んでいた本を開く。

真衛門が訊いた。

「どうして、コピーじゃ解けないんですか？」

「だって、前部長のメッセージに書いてあったじゃないか」

「『金庫の開け方は紙に書いておいた』って、やつですか？」

「そっちじゃないよ。『この袱紗は無駄なので、捨ててください』って方——」

それを聞いても首を捻ってる真衛門に、恭助が説明する。

「『袱紗』は無駄……『複写』は無駄。つまり、複写《コピー》しても無駄だってことさ。駄洒落好きの前部長らしい、メッセージの残し方だね」

真衛門が、あまりに寒い駄洒落に、身ぶるいする。激しい脱力感に襲《おそ》われてるようだ。

「このオリジナルのレポート用紙、響子ちゃんに渡してあげてよ。ぼくは、もうこれ以上考えないから」

細い目が本の活字を追っていく。長く赤い髪が、恭助の横顔を隠す。

「……ひょっとして、もう暗号を解いたんですか？」

恭助は、答えない。

黙って微笑む恭助。目が、謎解きをするときの見開かれた大きな目になっている。


あ〜、眠い……。

朝日が、眩《まぶ》しい。徹《てつ》マン明けのサラリーマンって、こんな気分なのかな。

明け方までレポート用紙と睨めっこしてたので、完璧に寝不足だ。

目の下が真っ黒になってしまったし、通学カバンが、とっても重い……。

大きな欠伸《あくび》をしてから、涙を拭くと、前の電柱に真衛門さんがもたれている。

「響子、すごい顔になってますよ……。目の下に、熊《くま》が二匹《ひき》います」

「はははは……」

眠くて、真衛門さんの日本語を訂正する気にもなれない。

わたしは、曖昧に微笑んだ。

真衛門さんと肩を並べて歩き出す。

「美絵留は、真面目に働いてますか？」

お天気の話をするみたいに、真衛門さんが言った。

「うん。でも、今朝は、早くから家を出てったけど……」

「ええ。虹北堂に来てます」

「あら、そう」

わたしは、さりげなく答えた。でも、カバンを持つ手に力が入ったのがわかる。

「……すみませんね、美絵留がいろいろ迷惑かけて」

「ううん、いいの」

わたしは微笑んだけど、笑顔がひきつらなかったか、心配。

わたしたちは、しばらく無言で歩いた。

さりげなく――あくまでも、さりげなく、わたしは訊いた。

「美絵留、どうしてるの？」

「暗号を解かせようと、恭助の周りで騒いでますよ」

「そう……」

やっぱり、カバンが重い……。

「恭助は、コピーでは暗号は解けないって言ってました」

真衛門さんが、わたしの顔を覗き込む。

「でも、恭助は暗号を解きませんよ」

「え？」

……それって、どういうことなの？

「はっきり理由は言いませんけどね。恭助は、もうこれ以上考えないって言ってます」

「でも……それじゃあ、推理勝負に負けちゃうじゃない」

そう言うわたしを見る真衛門さんの目は、とてもやさしい。

「きっと、恭助は、響子と勝負したくないんですよ」

えーっと……。

わたしは、真衛門さんの言葉の意味を、しばらく考えた。

なんだか、顔が熱くなる。黒熊が、酒盛りしたような色になったんじゃないかな。

自然と、頬が緩んでくる。

真衛門さんが、満足そうにうなずいた。

「やっぱり、響子は笑ってる顔の方がいいですね」

そして、半纏《はんてん》の袂《たもと》から、オリジナルのレポート用紙を取り出した。

「これが、沢田が渡してくれたオリジナルのレポート用紙です。それから――」

受賞順に作品名が書かれた紙を渡してくれる。

「これは、歴代の受賞作とレポートのページを対応させたリストです。恭助は、受賞順にレポートが書かれてないことにヒントがあるって言ってます」

そして、ウインクを一つ。わたしたち日本人が、どんなに頑張っても太刀打《たちう》ちできないような、見事なウインク。

「たまには響子が謎解きして、恭助の鼻を赤くしてやりましょう」

「そういうときは、『鼻をあかす』って言うのよ」

わたしは、日本語の間違いを正して、微笑んだ。

真衛門さんも笑顔を見せる。

「それに、暗号が解けなくても心配ありません。あの程度の金庫なら、ぼくが開けてあげますよ」

どうやって開ける気なんだろう……？

うん、まぁいいや。

取りあえず、わたしは元気になった。

レポートの束とリストを抱きしめて、わたしは言った。

「ありがとう、真衛門さん！」

学校から帰ったわたしは、ベッドに寝転んでリストを眺《なが》める。

どうして、先代部長は、受賞順にレポートを書かなかったか？

仮説として、おもしろかった本の感想から書き始めたのではないかと考える。

でも、レポートを読み返したら、この仮説は間違ってることに気づいた。だって、六番目の『ぼくらの時代』が、一番おもしろかったって書いてあるもん。

考えてもわからないから、わたしは机に向かって手を動かすことにした。

レポートの順番に、作品名を並べ直す。

書きあがったリストを持って、椅子の背もたれに体を預ける。

そして、体を預けすぎたわたしは、そのまま後ろにひっくり返ってしまった。

でも——。

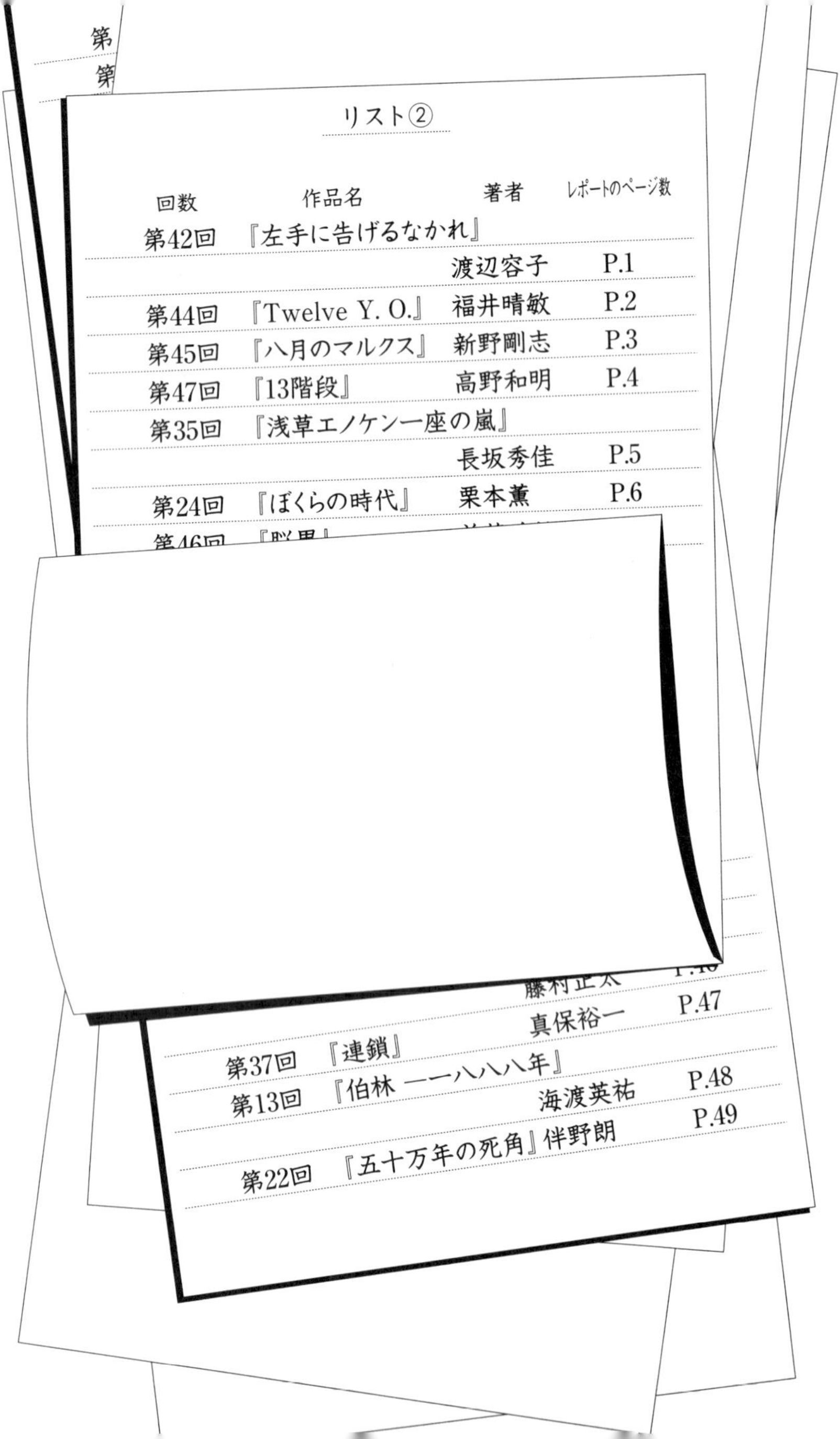

リスト②

回数	作品名	著者	レポートのページ数
第42回	『左手に告げるなかれ』	渡辺容子	P.1
第44回	『Twelve Y. O.』	福井晴敏	P.2
第45回	『八月のマルクス』	新野剛志	P.3
第47回	『13階段』	高野和明	P.4
第35回	『浅草エノケン一座の嵐』	長坂秀佳	P.5
第24回	『ぼくらの時代』	栗本薫	P.6
第37回	『連鎖』	真保裕一	P.47
第13回	『伯林 一一八八八年』	海渡英祐	P.48
第22回	『五十万年の死角』	伴野朗	P.49

人間、何が幸いするかわからない。後頭部をフローリングの床に打ちつけたわたしは、突然ひらめいた。

「そうだったんだ！」

頭にできたコブを撫でながら、わたしは叫んだ。

「順番が大事だったのよ！」

そう、わたしは暗号を解くことができた。

これで、恭助の鼻を赤くすることができる。（わたしは、頭の中で、赤鼻の恭助をイメージする）

美絵留に、ぎゃふんと言わせることができる。（頭の中で、美絵留が「響子には、かないません」と泣きベソをかいてる。その横で、『「ぎゃふん」は死語です』のプラカードを持った菊池さんが、うっとうしいけど）

とにかく、これで、わたしの勝ちだ！

そのとき、背後から沢田さんのイメージが囁きかけてきた。

（ぼくのために、こんなに一生懸命になってくれるなんて……）

わたしは振り向きざま、左アッパーで沢田さんのイメージを吹っ飛ばした。

決戦の、金曜日。

ミス研の部室に、恭助をのぞく関係者が集まった。

中央の机には、問題の金庫が載っている。

沢田さんが、真衛門さんと美絵留に訊いた。

「恭助君は、どうしたのかね？」

美絵留が、つまらなそうに答える。

「暗号を解く気がないから、店番してるって……」

そうか……。恭助、来ないんだ。

美絵留の言葉を聞いて、沢田さんは高笑いする。

「しっぽを巻いたというわけか。戦わずして、この勝負は我々の勝ちだ！」

沢田さんが、わたしの肩に手を回してきたので、思いっきりつねってやった。

わたしたちの背後では、ミス研六人衆がコソコソ言っている。

「我々って言ってるけど、暗号を解いたのは響子さんなんだろ」

「なんでも自分の手柄にしたいんだよ」

「上司にしたら、一番嫌われるタイプだね」

菊池さんが、沢田さんの耳に、そっと囁きかける。

「お坊ちゃま、『しっぽを巻く』は死語ですよ」

沢田さんは、駄々っ子のように手足を振り回して、ミス研六人衆と菊池さんを一蹴《いっしゅう》した。

大きく深呼吸し、息を整える沢田さん。

「では響子君、暗号の謎解きを始めてくれたまえ」

わたしは、レポート用紙の束や、順番を書き直したリストを出すと、無表情で謎解きを始めた。

「大事なのは、レポートの順番なのです。先代部長は、レポートの一ページ目に『左手に告げるなかれ』を取り上げています」

わたしは、みんなに書き直したリストを見せる。

「なぜ、先代部長は『左手に告げるなかれ』を最初に取り上げたか？」

わたしの問いかけに、みんなは首を横に捻る。誰も答えようとしない。

わたしは、謎解きを続ける。

「先代部長は、金庫を開ける手順を、受賞作の題名で表そうとしたのです。『左手に告げるなかれ』から、『左』。二ページ目の『Twelve Y. O.』から、『十二』。三ページ目の『八月のマルクス』からは、『八』——」

みんなは、黙ってわたしの謎解きを聞いている。

「次は、逆に回す数字です。四ページ目の『13階段』から『十三』。五ページ目の『浅草エノケン一座の嵐』から『一』——これらが、金庫を開ける数字なのです」

すると、ミス研六人衆の一人が手を挙げた。

「待ってください、響子さん。数字が使われている受賞作は、他にもありますよ」

もちろん、わたしは知っている。

「『伯林《ベルリン》——一八八八年』と『五十万年の死角』ですね。その二つの数字は、金庫を開ける数字にしては大きすぎて使えません。だから、先代部長は、レポートの最後に持っていったんです」

わたしの言葉を、リストを見て確認している。そして、納得できたのか、うなずいた。

「では、金庫を開けてみましょう」

わたしは、金庫のダイヤルを0にして、『左』に『十二』を『八』回、今度は逆に『十三』を『一』回――これで、金庫は開きます」

ダイヤルが、カチリと動く。

わたしはレバーを持ち、扉を開けようとした。

しかし――。

扉は、ビクともしない。

どうして……。

言葉を無くしてしまったわたしに、沢田さんが言う。

「落ちつきたまえ、響子君。ひょっとすると、『左』に『十二』回『八』を回すのかもしれない」

沢田さんがダイヤルを0に戻し、左に十二回、八を回した。

「次は、『十三』回、『一』を回す――」

沢田さんが、レバーを持った。

しかし、扉は開かなかった。

美絵留が、うれしそうに言う。

「響子の推理は、どうも間違ってるみたいですね」

そう言われても、怒る気になれない。

どうして、金庫が開かないんだろう……？

恭助は、順番が大切だって言ってたけど、それは嘘だったんだろうか？

このとき、わたしは、真衛門さんから聞いた恭助のもう一つの言葉を忘れてた。コピーでは、暗号を解くことができないってこと……。

真衛門さんが、はしゃいでいる美絵留を背後に隠す。

「この勝負は、無効ですね」

そして、持っていた棒状の風呂敷《ふろしき》包みをほどく。

中から、一メートルくらいの剣が現れた。ずいぶん、細い剣だ。鞘《さや》に入ってるから正確なことは言えないけど、刀身の幅《はば》は三センチくらいなんじゃないかな。

「真衛門様、その剣は、レイピアではありませんか？」

菊池さんが訊いた。

「よく御存知ですね」

心底驚いた真衛門さんの声。

「わたくし、剣術や体術に、少し興味がありまして、いろいろ調べたことがあるのです。もっとも、理論ばかりですが」

恭《うやうや》しく答える菊池さん。

「実践《じっせん》の方は、どうですか？」

「滅相《めっそう》もございません」

礼をすると、菊池さんは壁際に下がった。

わたしは、美絵留に訊く。

「レイピアって何？」

「剣の種類ですわ。語源は、『エペ・ラピエレ』と言います」

さすがに、本場の発音。わたしには、とうてい真似できない。

『エペ』は、『剣』、『ラピエレ』は『刺突《しとつ》』という意味です」

ふーん、つまり、突き刺すための剣なんだ。わたしは、真衛門さんにレイピアを持たせてもらう。

真衛門さんは、気軽に持たせてくれた。（危ないからダメって言われると思ったのに……）

「大丈夫ですよ。刃がついてませんから。これは、装飾《そうしょく》品《ひん》なんです」

真衛門さんが言う。

持ってみると、軽い。一キロもないくらい。

「じゃあ、少し離れていてください」

真衛門さんは、レイピアをテニスのバックハンドのように構えると、沢田さんに訊いた。

「金庫を切断してもかまいませんか？」

沢田さんは、真衛門さんの言葉の意味を考える。

「どうも、きみの日本語はわかりにくいね……」

「そうですか？」

真衛門さんは、頭の中で言葉を考えてから、動作を交えて言う。

「この剣で――」

レイピアを指さす。

「金庫を――」

金庫を指さす。

「切断してもいいですか？」

ゆっくりレイピアを振る真衛門さん。

沢田さんが、バカにしたように言う。

「『切断』っていうのは、切るってことだよ。わかってるのかい？」

うなずく真衛門さん。そして、レイピアを――振り下ろしたのだと思う。はっきり言えないのは、真衛門さんの動きが速すぎて見えなかったからだ。

わたしたちが感じたのは、一陣《いちじん》の風が吹いたことくらい。

チーズを切り分けるように、扉の部分が切断された。

驚きのあまり、沢田さんは声が出ない。

ミス研六人衆と菊池さんは、拍手している。

わたしは、金庫の中を見た。小さな額縁と、小さな千羽鶴、そして封筒が入っていた。

封筒の中には、一枚の手紙。


この手紙を読んでいるということは、無事に暗号を解読したということだね。おめでとう。

さて、ぼくは可愛い後輩たちに謝らないといけない。

実は、この金庫を買ってしまったら、部費が一銭も残らなかったのだ。本当にすまない。

しかし、過去の部費にこだわっていては、ミス研の発展は無い。

自らの観察力や洞察力をもってして、部費を稼ぐことが、たくましいミス研を築いていくのではないだろうか。

可愛い後輩たちに、エールを送る意味で、ぼくが作った千羽鶴と百人一首を書き込んだ桜貝《さくらがい》を入れておく。

ミステリ研究会の未来に栄光あれ！

先代部長より

「…………」

手紙を読んだ沢田さんは、真っ白な灰になっている。

それに比べると、ミス研六人衆は、はるかにたくましい。早速《さっそく》、就職情報誌やバイト情報誌を調べ始めている。

菊池さんが、真衛門さんに問いかける。

「今の技は……?」

「日本から伝わった古流剣術とフランスの古流剣術がミックスされた、ミリリットル家に伝わる名も無き剣術です」

「勉強になりました」

真衛門さんに頭を下げる菊池さん。

わたしは、千羽鶴と額縁を見た。

千羽鶴は、一羽の大きさが一センチも無いくらい小さな鶴でできている。手に持つと、なんだか自分が巨人になったような気になる。

額縁の中には、小さな桜貝が百個並んでいた。貝の大きさは、ビー玉より小さいくらい。それら一個一個に、百人一首の歌人が美しい色合いで描かれている。わたしは、額縁を開けて、貝を取り出してみた。貝の裏面には、流れるような筆遣いで和歌が書かれていた。

そのとき――。

わたしは、千羽鶴と桜貝の額縁を奪われた。沢田さんだ。真っ白な灰から復活した沢田さんが、怒りで顔を真っ赤にして立っている。

「ぼくは、こんなミニチュアを取り出すために、必死で暗号を解読していたのか……」

わなわなと震えながら呟く沢田さん。

その後ろでは、ミス研六人衆が囁きあっている。

「必死で暗号を解読したって……」

「解読したのは、響子さんだよな」

「あの手のタイプの人は、好きなように過去を書き換えることができるんだよ」

沢田さんが、振り向きざま怒鳴《どな》る。

「うるさい！」

そして、千羽鶴と額縁を床に叩きつけ、足で踏みつける。

「こんなもん！　こんなもん！　こんなもん！」

ぐちゃぐちゃになる千羽鶴と、粉々《こなごな》になる貝。

「帰るぞ、菊池！」

沢田さんが、菊池さんを連れて部室から出ていった。

ミス研六人衆も、アルバイトを探しに出ていく。

机に腰かけた美絵留が、足をブラブラさせている。

「恭助にも、解けない謎があるんですね。なんだか、がっかりしましたわ……」

独り言のように呟くと、部室を出ていった。

部屋には、わたしと真衛門さんが残される。

真衛門さんは、剣と一緒に金庫の扉も風呂敷で包んでいる。

ふー……。

どうやら、わたしも退場するときが来たようね。

虹北堂に行くと、恭助はいつもの笑顔で迎えてくれた。

「……暗号、解けなかった」

わたしが言うと、恭助は黙ってうなずいた。

「結局、真衛門さんが金庫を切断して、開けてくれたの」

「金庫の中に、何が入ってたの？」

恭助が訊いてきた。

「先代部長の手紙。それから小さな千羽鶴と、百人一首が書かれた小さな貝が百個」

すると、恭助は細い目をさらに細めた。

「それは、よかったね。これでミス研は部費の心配をしなくていいし、合宿にも行けるね」

え？　……それって、どういうこと？

「この間、読んだ本に出てたんだけど、ミニチュア芸術って、すごく高価なんだ」

「…………」

「たぶん、その千羽鶴は五万円、百人一首の貝は十万円くらいの値がつくんじゃないかな」

「…………」

「現金にするんだったら、高く買ってくれそうな美術商を紹介するよ。沢田さんに、そう言っといて」

「……もうない」

「え？」

わたしの言葉に、恭助が首を捻る。

「千羽鶴も貝も、沢田さんが、『こんなもん！』って言って、粉々に踏みつぶしちゃった……」

わたしは、心の中で沢田さんに合掌《がっしょう》する。もし、先代部長の手紙に書かれていた『観察力や洞察力』が、沢田さんにあったら、十五万円が手に入ったのにね。

ぱっくり口を開ける恭助。そりゃ、十五万円を粉々にしたって聞かされたらね……。

「まぁ、価値観は人それぞれだから……」

ひきつった笑顔で、恭助が言った。

「恭助……」

わたしは、一番訊きたかったことを質問する。

「どうして、暗号を解かなかったの？　美絵留は、恭助にも解けない謎があるんだって、がっかりしてるわ」

しばらく考えて、恭助は答えた。

「さっきも言ったけど、価値観は人それぞれだよ。美絵留が、ぼくに失望しても、別にぼくはかまわない」

このとき、わたしは真衛門さんの言葉を思い出す。——恭助は、響子と勝負したくないんですよ……。

ふむ……。

わたしは、なんだか力がみなぎってくるのを感じた。

真衛門さんが、口を挟む。

「勝負は、終わりました。もう、恭助が暗号を解かない理由は、ありません。さぁ、謎解きをしてください」

すると、恭助が、え？　というような顔をした。

真衛門さんも、首を捻る。

「恭助が暗号を解かなかったのは、響子と勝負したくなかったからじゃないんですか？」

「違う、違う！」

と、右手をひらひらさせる恭助。でも、わたしの哀しそうな顔を見ると、「いや、少しは、そんな気持ちもあったかな……」と、ごまかす。

わたしの体から、力が抜けていく。

恭助は、チラリと、壁の日めくりカレンダーを見る。

「謎解きしてもいいけど、あと一日待ってくれないかな」

「どうして、今日じゃダメなの？」

わたしの質問には、猫のような細い目を向けて、

「それは、トップシークレットだよ」

と、微笑んだ。


わたしは、土曜日の夕刻、虹北堂へ行った。

当然のように、美絵留もついてきた。

「いらっしゃい」

すでに店仕舞いを終え、夕食の準備をしている恭助が、迎えてくれた。

「今夜は響子と美絵留が来てくれるから、食事当番じゃないけど、ぼくが、特別に蕎麦を作るって言ったんですけどね……」

居間では、真衛門さんが手持ちぶさたにしている。

そこへ、皿を持った恭助が、台所からやってきて訊いた。

「昨日、真衛門が作ってくれたのは、なんていう料理だった？」

「にしん蕎麦です」

今度は、わたしが訊く。

「明日のメニューは？」

「朝が、かけ蕎麦。昼はもり蕎麦。夜は、豪華に鴨南蛮《かもなんばん》蕎麦です」

「………」

わたしは、恭助に同情する。

食事が始まった。

いつ、暗号の解読をしてくれるのか訊いたら、そのたびに恭助は、もう少し待ってと言うばかり。

テレビでは、米国製スパイ活劇ドラマが始まった。わたしが見たことない番組だ。

真衛門さんが、丁寧に先週までの粗筋を教えてくれた。

画面では、主人公のπが、テーブルの上にトランプと聖書、携帯ソーイングセットを並べている。

「さて——」

πの声は、聞き覚えがある。小さいときに見ていたロボットアニメの主人公の声だ。

「スパイは、どこにパスワードを隠したか?」

πの手が、携帯ソーイングセットに伸びる。

「このセットの中には、針と糸が入っていただけです。なんの怪しいところもありませんでした」

恭助が立ち上がって、食事の片づけを始める。

「見なくていいの?」

わたしが訊くと、恭助はうなずく。

「響子ちゃんたちは、ゆっくり見ててよ。その間に、洗い物を済ませちゃうから」

それでは、お言葉に甘えて、テレビに集中させてもらおう。

画面では、πが聖書を手にしている。

「この聖書は、どうでしょうか？　例えば、このような方法が考えられます」

携帯ソーイングセットから針を一本出す。

「パスワードが『OPEN SESAME』だった場合、『O』の文字に針で小さな穴を開け、次に『P』に開けていくという方法があります」

その言葉を聞いたrが、聖書のページを明かりにすかす。

πが、首を横に振る。

「そんな穴は開いていません。詳しく調べましたが、この聖書には、なんら仕掛けがありませんでした。第一、ホテルの部屋を急襲されたスパイに、そんな作業をしている時間はありませんでした」

そして、πがトランプを手に持つ。

「スパイは、このトランプに、パスワードを隠したんですよ」

πは、テーブルにトランプを並べていく。

「スパイは、新品のカードの側面に、パスワードを書いたんです。そのあとでシャッフルしてしまえば、パスワードは見えなくなってしまう」

スペードのAから順に、πはトランプを並べ替えていく。そして重ね終わったトランプの側面をrに見せた。

rの顔に、驚きの表情が浮かぶ。真衛門さんも美絵留も、同じような顔をしている。きっと、わたしも同じだろう。

そのとき、恭助が、手を拭きながら居間に戻ってきた。画面を見て、言う。

「パスワードが見つかったみたいだね」

威勢のいいエンディングテーマ曲が、テレビからこぼれる。

恭助が、菓子鉢をテーブルに置いた。

「さぁ、これで暗号の解読をしてもいいんだけど――」

わたしたちの顔を見回す恭助。

「なんか、改まって謎解きする雰囲気じゃなさそうだね……」


恭助が、机の上に、オリジナルのレポート用紙を広げている。そして、一枚ずつ受賞作順に並べ替えていく。

わたしは、恭助の言葉を思い出していた。

――どうして、先代の部長は、受賞作順にレポートを書かなかったか？

恭助は、受賞作順に並べ替えたレポート用紙の束の側面を、わたしたちに見せる。

四十九枚の紙。束ねた厚みは、五ミリもない。

しかし、その側面に小さな文字――暗号の答えが書かれている。

『右に八十六を三回。左に七十四を一回。右に六十六を二回』

真衛門さんが、ミス研の部室から持ってきた金庫の扉を出す。

わたしは、ダイヤルを回した。

右に八十六を三回。左に七十四を一回。右に六十六を二回——。

カチという軽い音がした。

ふー……。

わたしは、大きく息を吐いた。

恭助が、机の上にレポート用紙の束を投げ出す。もう、暗号の答えは崩れてしまって、読めない……。

「やっぱり、恭助に解けない謎はないんですわ！」

美絵留が、恭助の首に抱きつく。

わたしは、美絵留を引き剝がし、恭助に訊いた。

「今日まで、暗号を解かなかったのは、ドラマと同じようなトリックだったからなの？」

恭助はうなずいて、

「『００３《ゼロゼロ》・１４』は、真衛門が楽しみにしてるドラマだからね」

でも、わたしの哀しそうな顔を見ると、

「もちろん、響子ちゃんと勝負したくないって理由の方が大きかったけどね」

と、慌てて付け加えた。

嘘臭い……。

「ちょっとくらい、謎解きしてくれてもよかったのに」

ブチブチ言うわたしに、恭助が微笑む。

「トップシークレットは、大切にしないとね」

うーん……まっ、いいか！

恭助は、美絵留にはどう思われてもいいって言ってたけど、わたしの哀しそうな顔には、慌ててくれるんだもん。

うん、許してあげようじゃない！

恭助の膝にのって喉《のど》をゴロゴロならしてる美絵留が、すごく目障《めざわ》りだけど、寛大な大和《やまと》撫子《なでしこ》としては、笑ってすませてあげるわ。


それから数日後――。

部費稼ぎに出たミス研部員たちは、虹北堂で忙しそうに働いている。

こっちの本をあっちに動かし、あっちの本をこっちに動かし――見た目は忙しそうなのだが、やってることは、まったく意味がない。

そんな部員たちを、恭助と真衛門は湯呑みを片手に見ている。

「店員ばかりで、お客がいませんね……」

お茶を飲んで、真衛門が言った。

恭助は何も言えない。

「バイト代、出せるんですか？」

そう訊かれて、恭助の顔に縦線が入る。

そんな二人におかまいなく、楽しそうに働くミス研部員たち。

沢田が、額の汗をグイと拭いて、爽やかに言う。

「さぁ、一生懸命働いて、夏期合宿に行こうじゃないか！」

「おー！」

ミス研部員が爽やかに答える。

壁には、いつの間にか『行くぞ！　夏期合宿！』の貼り紙がはられていた。

To Be Continued

本書は、『少年名探偵 虹北恭助のハイスクール☆アドベンチャー』（講談社ノベルス、２００４年）を底本とし、再編集して出版したものです。

初出一覧
ミステリーゲーム　『メフィスト』２００２年９月増刊号
幽霊ストーカー事件　『メフィスト』２００３年１月増刊号
トップシークレット　『メフィスト』２００３年５月増刊号
＊小説現代臨時増刊号『メフィスト』からの収録にあたり、加筆訂正がなされています。

使用書体
本文――――A P-OTF 秀英明朝 Pr6N L＋游ゴシック体 Pr6N R〈ルビ〉
柱――――A P-OTF 凸版文久ゴ Pr6N DB
ノンブル――ITC New Baskerville Std Roman

星海社
FICTIONS
ハ5-05

少年名探偵《しょうねんめいたんてい》 虹北恭助《こうほくきょうすけ》の
ハイスクール☆アドベンチャー　新装版《しんそうばん》 上《じょう》

2025年1月27日　第1刷発行

定価はカバーに表示してあります

著　者 ――――― はやみねかおる

発行者 ――――― 太田克史《おおたかつし》
編集担当 ――――― 丸茂智晴《まるもともはる》

発行所 ――――― 株式会社星海社
〒112-0013 東京都文京区音羽 1-17-14 音羽 YK ビル 4F
TEL 03(6902)1730　FAX 03(6902)1731
https://www.seikaisha.co.jp

発売元 ――――― 株式会社講談社
〒112-8001 東京都文京区音羽2-12-21
販売 03(5395)5817　業務 03(5395)3615

印刷所 ――――― TOPPAN株式会社
製本所 ――――― 加藤製本株式会社

ISBN978-4-06-537690-4　N.D.C.913 174p 19cm　Printed in Japan

SEIKAISHA

星々の輝きのように、才能の輝きは人の心を明るく満たす。

その才能の輝きを、より鮮烈にあなたに届けていくために全力を尽くすことをお互いに誓い合い、杉原幹之助、太田克史の両名は今ここに星海社を設立します。

出版業の原点である営業一人、編集一人のタッグからスタートする僕たちの出版人としてのDNAの源流は、星海社の母体であり、創業百一年目を迎える日本最大の出版社、講談社にあります。僕たちはその講談社百一年の歴史を承け継ぎつつ、しかし全くの真っさらな第一歩から、まだ誰も見たことのない景色を見るために走り始めたいと思います。講談社の社是である「おもしろくて、ためになる」出版を踏まえた上で、「人生のカーブを切らせる」出版。それが僕たち星海社の理想とする出版です。

二十一世紀を迎えて十年が経過した今もなお、講談社の中興の祖・野間省一がかつて「二十一世紀の到来を目睫に望みながら」指摘した「人類史上かつて例を見ない巨大な転換期」は、さらに激しさを増しつつあります。

僕たちは、だからこそ、その「人類史上かつて例を見ない巨大な転換期」を畏れるだけではなく、楽しんでいきたいと願っています。未来の明るさを信じる側の人間にとって、「巨大な転換期」でない時代の存在などありえません。新しいテクノロジーの到来がもたらす時代の変革は、結果的には、僕たちに常に新しい文化を与え続けてきたことを、僕たちは決して忘れてはいけない。星海社から放たれる才能は、紙のみならず、それら新しいテクノロジーの力を得ることによって、かつてあった古い「出版」の垣根を越えて、あなたの「人生のカーブを切らせる」ために新しく飛翔する。僕たちは古い文化の重力と闘い、新しい星とともに未来の文化を立ち上げ続ける。僕たちは新しい才能が放つ新しい輝きを信じ、それら才能という名の星々が無限に広がり輝く星の海で遊び、楽しみ、闘う最前線に、あなたとともに立ち続けたい。

星海社が星の海に掲げる旗を、力の限りあなたとともに振る未来を心から願い、僕たちはたった今、「第一歩」を踏み出します。

二〇一〇年七月七日

星海社　代表取締役社長　杉原幹之助
代表取締役副社長　太田克史